小青春美文

既有趣又有料的另一堂阅读课

我的青春不曾辜负

辛岁寒/主编

巴陵 等/著

天地出版社 | TIANDI PRESS

图书在版编目（CIP）数据

我的青春不曾辜负 / 辛岁寒主编；巴陵等著. —成都：天
地出版社, 2020.5
（"小青春"美文）
ISBN 978-7-5455-5440-3

Ⅰ.①我… Ⅱ.①辛… ②巴… Ⅲ.①散文集－中国－当
代②小说集－中国－当代 Ⅳ.①I217.1

中国版本图书馆CIP数据核字(2020)第000623号

"XIAO QINGCHUN" MEIWEN: WODE QINGCHUN BUCENG GUFU

"小青春"美文：我的青春不曾辜负

出品人	杨　政
作　者	巴　陵　等
主　编	辛岁寒
责任编辑	李　蕊
装帧设计	高　欣
责任印制	董建臣

出版发行　天地出版社
　　　　　（成都市槐树街2号　邮政编码：610014）
　　　　　（北京市方庄芳群园3区3号　邮政编码：100078）
网　　址　http://www.tiandiph.com
电子邮箱　tianditg@163.com
经　　销　新华文轩出版传媒股份有限公司

印　　刷　三河市宏顺兴印刷有限公司
版　　次　2020年5月第1版
印　　次　2020年5月第1次印刷
开　　本　680mm×960mm　1/16
印　　张　14
字　　数　224千字
定　　价　29.80元
书　　号　ISBN 978-7-5455-5440-3

序

青春是什么？

青春是一本打开就合不上的书。你初读时精彩，结尾时精彩，过程也依旧很精彩，可是心中却总是有着一种既快乐又悲伤的情绪，让你痛并快乐地活着。

青春是一场有去无回的旅行。每一个遇见的人、遇见的事，每一次的微笑或者哭泣，都是最美丽的风景。你可以在这里放肆自由着，让光辉照亮你前进的方向，让梦想拥抱你最美好的时光。

青春还是一半明媚，一半忧伤。它生在阳光下，却又有阳光照耀不到的角落。有人阳光地活着，也有人充满渴望地生长着。正是因为我们的生长环境不一样，便造就了这世上无数性格的人们，这令人反思的同时，也令人回味。

我们就在这样的青春里，从一个矮小的个体，成长为一个有思想有血肉的大人，拥有无畏勇气的同时，也能放出属于自己的人生的光芒。

但青春是什么样子，却还是该由自己去决定。那无数个日日夜夜的模样，也由我们去定义。

我们可以说，青春是美好而无法忘怀的。因为我们飞奔在操场上，穿行在世界的角落，行走在路上，好似永远都有光明。我们也可以说，青春是充满艰辛和汗水的。我们埋头在书本间，为着心中属于自己的梦想和信仰，一次又一次挥洒着我们的汗水，心中默念：熬过去！再熬过去！熬过去，一切都明朗。

青春，还有一处小小的，属于我们的最初的懵懂。它让我们学会了分享，学会了去爱别人，学会了原谅、等待、勇敢和明事理。也让我们明白，有一种爱，只是一个微笑，就可以让你甜蜜一整天。

青春，还有父母、朋友的笑脸。他们陪伴着我们长大，鼓励着我们前行，和我们一起经历这唯一一次的人生。我们从他们的身上学会了坚强和坚忍，让我们在人生的荆棘丛里充满勇气。

我喜欢用"前行"来形容青春。因为它有去无回，但它也足够有趣多变。我们的每一个脚印都是自己用泪水或者微笑脚踏实地踩出来的，我们走的每一步都是属于自己的独特的回忆。这样的回忆，谁也夺不走，它便是最有意义和美好的。

这仅有一次的青春里，无论欢喜悲愁，去享受和感受，把它当作一次翻山越岭的冒险，告诉自己，要永远年轻。

目录

第二章

青春欢悲皆有力量

第三章

漫步在青春的回忆

第四章

青春有张不老的脸

4

第七章

给青春一场远行

第八章

致年少轻狂的汗水

第一章 —— 愿你归来仍是少年

人生是一场有去无回的路，岁月留给我们的时间更是少之又少。把世界当作旅行的归途，从现在起，记住一生中有多少歇脚的地方，相信有美好的事物在未知的远方。

哦，高老头

作者：朝颜

屈指算来，高老头已作古三年。但是，他留给我的温暖记忆，如一盏不灭的灯火，一直在我的生命中熠熠发亮。

高老头是我初中时的政治老师。刚踏进初中的大门，上的第一堂课便是政治。铃声刚过，一个年近花甲、头发斑白、身材高大的老头一堵墙似的立在了教室门口。"完了完了"，大家满满的期待一下子备受打击，当即像泄了气的皮球那样瘪了下去。

高老头似乎没有察觉到这些，他端着讲义，稳稳地"降落"在讲台上，自我介绍开来："我姓高……"同学们扑哧一声笑起来，长得这么高，居然又姓高。一个胆大的嘟囔了一句："原来是高老头！"从那天起，大家当面都恭恭敬敬地叫他"高老师"，私底下却以"高老头"称之。

那时候我住校，每周日下午背着米袋和一罐腌菜返校，就是一周的口粮。我家里穷，不能像一些同学那样花钱到食堂里打菜，每天只能端着一搪瓷缸硬邦邦的炖米饭回寝室就腌菜吃。高老头不是我们的班主任，但不知怎么了解了我的情况。有一回，我背着米和菜返校时，被高老头叫住。他翻开我的布袋，看了看我带的菜——一罐没有任何作料的芋头丝。他看着我，意味深长地说了句："吃得苦中苦，方为人上人。"从此以后，高老头经常吩咐我放学后到他办公室里去，有时是整理作业，有时是帮着批改试卷。

等我做得差不多了，高老头像变戏法似的端进来一大钵饭菜，全是我平时难得吃到的肉、蛋和豆腐之类。"瞧瞧你这瘦瘦的样子，快吃，长身体的时候，要多吃才好。"我想推托，高老头瞪圆了眼睛，不容我分辩："都打好了，给我吃掉！"我于是大口大口地吃起来，高老头便回归了慈蔼的样子，眯缝着眼睛怜爱地看着我，就像看着自己家的小孙女。但是，我生性木讷，嘴巴子撬不开，竟连句感谢的话都没有说过。如今想来，心中有万分的痛悔。

初三那年，我鬼使神差地迷上了养蚕。下了课，我就从抽屉里搬出我的蚕宝宝，忘我地摆弄着，有时上课也免不了要偷看几眼。最过分的是，有一回上早读，我为了跑回村里摘桑叶，居然逃了课。这还了得？班主任大为震怒，好在我死活不说逃课的理由，要不然他肯定要把我的蚕搜出来摔个稀巴烂。

但是，高老头知道我养了蚕，他看过我摆弄纸盒子，还开玩笑说要卖给他，一元一条。当时，我红着脸一言不发，生怕他没收了去，幸亏他很快走开了。随之而来的月考，我的成绩可想而知地下滑了，班主任、语文老师、数学老师、英语老师……大凡中考必考科目的老师都轮番来教训我，给我讲考出去对人生有多么重要。

这时，正好有一个同学央求我把蚕卖给他。他说他妹妹想养蚕想疯了，到处都找不到，要我行行好，还给开了高价。起先我不肯，求了三次，我终于答应了，千叮咛万嘱咐地要他转告妹妹好好养着。他得了蚕，兴高采烈地抱走了。

3

从那以后，我隔三岔五就问他蚕现在怎么样了，他总是回说养得好好的呢，一条都没有死，我便放心了。没有了蚕，再加上老师的严格要求，我开始全身心地投入紧张的复习中。我学习底子还好，成绩又一次次节节攀升。高老头每次给我发试卷的时候，都笑眯眯的，眼里满是期待的神色。

那年暑假，我以优异的成绩被师范录取。我是全村第一个考出去的孩子。父亲快意非常，专门请来厨师在家里办了几桌谢师宴。那天中午，夏季的烈日也收敛了炽热，变得无比温柔，我家门前的几棵冬青树摇曳着，送来凉爽的轻风。高老头也来了，他喝得满面通红。

临别时，高老头把我叫到他身边，摊开手掌，亮出十多个银光闪闪的蚕茧。蚕——买蚕的同学——茧……我一下子全都明白了。

哦，高老头！我真想扑到他怀里大哭一场，可是却没有勇气。那十几个蚕茧，在夏日里泛着光芒。直到今天，仍没有消散。

愿你归来依旧是少年

作者：辛岁寒

高考的落榜，让我始料未及，却又好像是注定。

升学宴上，面对一群不知道自己学校是什么样的人的夸赞，我只有放声地不停地笑。以至于上大学的很长一段时间，我把这段心结放在心里，哭给自己听，笑给别人看。

刚上大学的那天，是舅舅和妈妈一起送的，他们临走时祝我大学愉快，我笑得很开心。他们走后，面对陌生的并不是我想要的新生活，我变得手足无措。

大概每个人都有难以释怀的遭遇，或是突如其来的苦难，或是莫名其妙的低落。所以，才会有那么多夜里故意遮掩的孤单。

大概每个人都有不能挑战的障碍，诸如恐高的人遇上高山峻岭，诸如色盲患者站在十字路口中央。所以，才会有那么多无可奈何的叹息，轻拿轻放了昔年的一腔热血。

大概所有人都会有一个目标，可能是舞台上光彩夺目的明星，也可能是厨房里忙着切菜的父亲。所以，才会有那么多人放弃了原有的理想，变成了别人。

大学的第一年，我总是想要尝试，总是想让自己的青春渡口更加绚烂和忙碌。于是，我加入了一些学生组织。

开始的时候，我不停地抱怨：为什么大学反而比高中更累？为什么忙到不能坐下来好好地享受美食或者还要牺牲午睡的时间做比别人更多的事？

后来，我才发现大学生活里不仅仅是学习，更需要独自处理很多事。有的时候甚至想要退缩，问问这一切的意义何在，值不值得。当心理与生理达到极限，便深陷于一种找不到方向的迷茫恐惧中。

在大学里，经历过那么多的第一次：第一次在镜头前的单独采访；第一次上交"呕心沥血"的自己从未接触过的采访稿件；第一次在小礼堂的聚光灯舞台有了表演；第一次意外的生日惊喜。和室友一起疯疯傻傻在马路上高唱儿歌，一起整夜整夜地为了同一个目标装潢自己的"小家"，收了许多无与伦比的温暖和礼物，一群人的共同经历让我享受并珍惜这样的集体，我大学生活的叠影都在这个小校园里交错起来。

慢慢地，当我走进教室不再有迟疑和紧张，而是期待和真实的欢笑之后；当我翻看照片发现当初身边那片和我一样的天真嵌满了我所有的大一回忆的时候；当我第一次发现有很多的人从我的采访和记录中获得讯息并加以评论的时候，尽管微不足道，我知道，也许这正是命运对我最好的安排。

我们每个人在最初都希望自己单纯、纯真，带着书生意气。但是，现实很残忍。有时，我们竭尽全力也没法达到心里期待的目标。我不确定最终会成为一个什么样的我，但是有一点很清晰，那会是我想要成为的样子，而不是长辈认定的安稳模样，不是社会雕刻的模范，不是老套认定的宿命安排。

如果生命是一朵云，它的绚丽，它的光灿，它的变幻和飘流，都是

7

很自然的，只因为它是一朵云。就像三毛，用了一生去领会、去拥抱，换来恰如夏花的笑颜，以及生来就是为了爱她的荷西，只因为她为自己赢来了美好。

年少时，我总向往山海和陌生的远方闪耀着的金色的光。于是背起行囊，大不了一去不回。毫无保留地固守原地的，大多有难言之隐，或是从未苏醒。这些折断了翅膀的候鸟，日复一日地摸爬滚打着。便利店，小餐馆，最浪漫的就是偶尔看电影点一桶爆米花。

一直叫嚷着要去日本的发小老徐，用了好几年练习日语，最终却去了英国，算是实现了自己的留学梦。而另一位朋友则放弃了去德国留学的机会，和我一起为国内考研做准备。

也许那些远行的不回来了，也许那些痴心妄想的回不来了。但总归是没愧对自己，这一生数不胜数的不如意。

多少人嘴边挂着稀奇古怪的口号，拼命想与红尘讲和。又有多少人死撑着千疮百孔的身体，宁死都不举手投降。人啊，总得在生活的泥沼里杀个七进七出才好意思谈淡泊；和柴米油盐同居上十年，才懂得原谅平凡。

这人世任你怎么狡辩，也都是大梦一场。战乱，饥荒，台风，地震，都是声势浩大，大有天翻地覆的决心。而另一边，学习，工作，娶妻生子，就像是加了蜜糖的毒酒，固然止渴，可许多年之后怕是肠子都会悔青。

人生而自由，发自心底地热爱生活。如果有人剪下了你的翅膀，大可以奔跑。请不要畏惧未知，也不要厌恶反常，这个世界上有人在过你想要的生活，也大有人还未出发。选择模仿自己，慢慢蜕变成这世上独一无二的你。

人生是一场有去无回的路，岁月留给我们的时间更是少之又少。把世界当作旅行的归途，从现在起，记住一生中有多少歇脚的地方，相信有美好的事物在未知的远方。大可不必拘泥于是否让别人欣赏、满意的问题上，前半生先让自己自由，喜爱风景的就去旅行，想多交朋友的就多同人交流，总之做自己喜欢的事。这样，一生也就明明白白给了自己，你所惧怕的、期待的关于未来一些注定的事，总会有最终的结果，所以无须担心。

　　特定年华里的遇见和努力都只有一次，我想要过好这样的唯一。那么，其他的时间会给我答案，无须担心。

9

我们应该良善地长大

作者：言秾

良善是这世上最通用最温暖的语言，成长路上纵然寒风阵阵，充满艰辛，也会因为心怀良善而感到踏实和温暖。

每每想到良善这个词，我都会回想起多年前发生在我自己身上的一件小事。

那是一个冬日的清晨，寒风刺骨。不爱迟到的我，情急之下，钻进了一条狭窄又泥泞的巷子，很深，也很幽静，却是通往学校的捷径。

扎进巷子后的我很害怕，本想立即折回，却又因为担心迟到而不得不硬着头皮继续往前奔跑。

冬日的清晨暗沉沉的，清冷的光让巷子透着几分阴森。我一个劲儿地打着冷噤，幼小的心被恐惧和慌乱填满，脚步也不听使唤，越来越慢，仿佛每一步前行都让我耗尽了力气。

忽然，前方出现一道人影。灯光把人影拉得很长很长，像一把刀从巷子的一端直刺过来。我的心咯噔一下，脚一哆嗦，便再也挪不动了。

影子摇摇晃晃，似乎来人身体有些残疾。

狭窄的黑影越逼越近，我的内心也饱受着煎熬。当影子的主人终于露出"庐山真面目"时，我才看清，原来是一个路过的乞丐。我放松了许多，可他全身散发着异味，眼神可怖。

我闷头继续狂奔，以赶在 8 点钟之前冲进教室。

啪的一声，声音很小，但却实实在在地在我脑后响了一下。我来不及回头，也没心思搭理，抬脚就跑。

"哎……"

乞丐居然吱声，吓得我两腿又一阵哆嗦。孩提时的我不仅胆小，也很害羞，最怕和陌生人说话。

我不管不顾地继续往前奔跑。

"你的钱！"乞丐终于忍不住冲着我高声喊了起来。

我的身体为之一顿，手轻轻捏了捏存放生活费的衣兜，里面空空的，什么也没有。

我强忍着害羞和恐惧，慢慢转过头。

乞丐的脸很脏，看不清他是什么表情，我只觉得他的眼神有些许的担忧。

我把目光从乞丐的脸上挪开后，扫向地面。

脏兮兮的泥土里，果然有两张钱，一共 20 元。

我的心打起鼓来："捡？不捡？捡？不捡……"

我犹豫不决。

我想去捡，因为那是我一个星期的零花钱，我还打算用它给同桌买一个文具盒作为生日礼物。我不想去捡，是因为我实在无法克服走向陌生人的恐惧心理。

兴许乞丐大叔看出了我的心思，他什么也没再说，径直弯腰把地上的钱捡了起来。

那时的我，心思幼稚，看人看事也不透彻。我暗自以为，那乞丐大叔一定是想把我掉在地上的钱据为己有。

可是，接下来发生的一幕，让我的脸火辣辣地烧起来。

乞丐大叔弯着极不方便的腿，把钱从肮脏的泥水里捡起来后，用袖口擦了擦，递向了我。

我愣在原地，两只眼睛不可置信地看着乞丐大叔。

"你的钱。"乞丐大叔把钱放到我手里，在我还没回过神来之前，便转身离开了。

看着他一瘸一拐的模样，我心里十分复杂。原来我对这世界这么没有安全感，连一个一心想帮助我的人也会被我想象成坏人。

大叔的背影显得有些凄凉，尤其是他那条不方便的腿，脚趾裸露在外面，吃力地抓着湿滑的路面，每抬一下都会溅起泥水。泥水把他的裤腿染花了一大片，让他看起来更脏更狼狈了，但却丝毫阻止不了他前行的脚步……

人生总是需要一点温暖，需要一些良善，如此，我们才能在负重前行时有继续坚持下去的理由和勇气。如果你也会偶尔感到寒冷，感到痛苦，不如走出家门，去看看这世界的真、善、美，去发现这个世界最良善最温暖的一面。如此，你的心，也会跟着温暖起来。

剪一段青春放梦里

作者：傲娇哇

那晚我做了一个美梦，梦见天空划过一颗颗流星，漂亮极了。

我驻足在院子里，仰着头，欢呼雀跃着，用手指着眼前那一瞬间的绚烂。还没来得及许个愿望，梦就醒了，一下子把我拉回了现实。

记不清什么时候知道的，看到流星就要许愿。于是，16 岁的时候，我第一次看到了流星，便许下了一个愿望：保佑我中考顺利，考上当地的重点高中。结果，那个愿望没能实现。从那之后，看到流星再也不会虔诚地许下心愿。其实是更加明白，只有很难实现的事情才会去许下心愿。

对着流星许愿，不过是年少时的一个可爱的举动罢了。

很庆幸当年许下的愿望没能实现，让我考入了现在我最怀念的高中，那里承载着我最美好的青春。或是很久都没和高中同学联系了，偶尔翻一翻高中的相册，夜晚时就会一个梦境接一个梦境地与那些熟悉的身影相见。梦里没有声音，却能感受到相见时那种发自肺腑的喜悦。

在梦和现实的边界徘徊，我迈着轻快的步子走入校园，眼前的教学楼换了新貌：残缺的墙砖已修补完整，两栋寝室楼早被刷上了彰显青春气息的浅粉色。这里的建筑有点陌生，却又突然间变得很熟悉，就像昨天刚刚从这里离开一样。

恍惚间在操场看到曾经的我们，一个又一个方队，迈着整齐一致的步伐，喊着振奋人心的口号，在跑道上跑了一圈，两圈，三圈。瞧瞧吧，那时的我们，活力满满。最喜欢那条通向食堂的甬路，每每下课时分，少男少女们撒了欢儿似的跑进食堂，都希望排队打饭能在最前面。5块钱的地三鲜，3块5毛钱的拌饭，可口极了。

青春是一场清醒的梦，很多年后都难以忘掉它曾经的最迷人的色彩。

记得高考前，很多人会在跑道上奔跑呐喊，释放压力，希望以最好的状态迎接挑战。那似乎更像是一种证明自己的方式，我努力了，我不后悔。在我们就快离开这寸土地的时候，学校的教学楼上新安装了两个大灯，晚上的时候很亮。

有了灯光的陪伴，下了晚自习，我和闺蜜会在操场上多停留一会儿，谈梦想，说未来，幻想着大学校园会不会同这里一样令人感到亲切。

总会有那么一群男生，即使放学后很晚，篮球场那边的路灯并不明亮，他们依旧在球场上驰骋，一跳一跃之间散发出的魅力惊艳了路过的女生。她们忍不住停下了脚步，透过铁丝网，静静地观看着激烈的比赛，期待下一秒钟会有精彩的投篮。

那段时光极其美好，却再也回不去了。或许我们都曾讨厌过这里老师们的谆谆教诲、接二连三的考试、每天做不完的习题册。甚至想反抗，想逃离。但现在仔细回味，那是青春该有的叛逆。

迈出高中校门，走进大学的殿堂，最后毕业。终于我们完成了学业，走出了校门。看起来我们拥有了最初想要的自由，一方属于自己的天空。

然而，来自社会的考验和工作的压力并没有让我们感到有多轻松快乐。这时我们才醒悟，最美好的时光依然停留在校园里，那时的我们才是最无忧无虑的。不如大梦一场吧，再回学生时代，挥洒年轻的热血，绽放属于我们的青春。

童年砍柴

作者：巴陵

　　山村的孩子在父母的教育之下，从小就懂得了劳动，为父母分担一定的劳作。在 20 世纪 80 年代，我的家乡还是一个没有公路交通的山寨，也根本谈不上烧煤烧气，家家户户烧柴用铁锅煮饭。筹备柴薪成了一个家庭的重要事务，"包住火炕"自然成了孩子们的事，放学回家砍捆柴，也算一天的"课外作业"。

　　我家的火炕自然是我们四姐弟的事。因学校距家远，回到家也就太阳落山了，砍柴是不可能的事，只能上山去扛捆柴回来。到了白天长的 4 至 9 月，倒也可以砍捆柴，我们都不会偷懒，除非母亲另有吩咐。暑假、寒假那是砍柴的好季节，也是我们主要的活动时期。

　　夏天酷热，山里虫毒又厉害，当然不能"顶着太阳干革命"，只好"早出晚归"。清早起来，各自穿上烂布鞋、进山的旧衣服，拿了柴刀，吆三喝四地叫上邻家的孩子，一路商量着到哪儿去砍柴。一般是蛇岭坳、白猫坡、栗山坳几处地方。进山还有露水，我们全然不管，各自指定一片，扬刀就砍。其实，砍柴也有技巧，夏天砍柴，不要砍掉枝节，叫作毛柴。左手扶柴，右手扬刀，刀落柴倒，一片一片地倒了一地。柴滚到沟里或某一平坦的地方，就砌成一堆捆好。再砍掉突起的枝节，就成了一捆柴。

冬天砍棍子柴，一般砍一根要削掉枝节，丢在一堆，砍了一担再去捆。砍毛柴，我在同伴中是最快的，个把小时就可以砍3捆，他们才只砍了1捆多。我慢悠悠地砌好、捆着，滚到路边，再砍好扦担，削尖，扦好柴，扎在路上，等姐姐们下来。

女孩一般吃不了苦，大姐是最慢的，有时我把剩柴给她。她要有了柴，我就和二姐在路上下五子棋、六子棋、二子棋，决战胜负。走多了，摸清了她出棋的思路，我总能制服她。大姐把柴担到路上，也来观战，然后担着柴排成一队回家。要是山里还有砍了没捆好的柴，下午4点再来这里砍一担，不然，又换地方去砍。

我对每一次砍一担柴没有多大的兴趣，我喜欢砍一堆放在山里。我也爱爬树。屋背后有成山的松树，枝多叶茂。又长满了杂木。我先在地上把薪柴砍倒，滚到一起，再爬上松树。从第一圈砍起，砍到剩三圈顶枝，再摇摆树干，抓到最近一棵树的树枝或树干，攀到那棵树上，我们把它叫作"过河"。

如果要比哪个厉害，就要看爬树过河的功夫。爬一棵树，过得最多才算厉害。其实，松树枝是人们最不喜欢的柴，一是水气过重很难干，二是火力不好，尽是炭子。我要过十几棵树才肯下来，捆一担杂木柴回家。松树枝就让它在山里晒到叶子黄了，再来捆。我喜欢削了细枝，母亲总说浪费了，她砍成五尺长一节，都捆起来，竖在一个坪里，等叶子变成红色再担回家。一个夏天，那个堆柴的晒谷坪就要堆满，约两百担。

寒假，我们赶着牛到栗山冲去砍栗柴。栗山冲满山满坡红叶，轻风拂过，响起"窸窸窣窣"的乐曲。柴刀砍到栗树上，叶子飘然而下，成了光秃秃的树丫子。我们总要削掉枝节，过把栗柴瘾。

我砍了几天也会没兴趣，就拿起家里那把五六斤的大柴刀，到栗山冲找碗口粗的枫树、檀树、榛树、栗树等杂木砍。上午 10 点进山，到下午三四点，砍上三四十根，再顺着沟坑"洗"到小溪里，搬到没种冬作物的地里。在地里烧一堆柴火，听老人讲个故事就回家。我扛上两根，赶着牛回家吃饭，饭后发动全家，一趟就扛到了家里，再砍成两尺来长一段，顺墙堆成垛。

这样的日子一直延续到 15 岁，我初中毕业，就很少有空暇理这事了。

与一只蟋蟀对话

作者：刘鹏

　　此刻，一只蟋蟀正爬行在我脚后跟附近。我不敢发出声，也不敢有一丝动弹，而它又如林黛玉进贾府一步一个小心。我对这位不速之客渐渐萌生好奇。

　　夏丏尊说，鸣虫是秋季的报知者。眼下这只蟋蟀，它从哪里来？为何进入我的房间？它是要告诉我一些关于秋天的故事吗？我静静注视它的一举一动，它修长的黑腿在冰凉木地板上悄无声息地爬行。我寻觅记忆深处与蟋蟀有关的交集，很遗憾，蟋蟀尽管是常见的昆虫，但由于它行动过于敏捷，善于蹦跳，我甚至与这类小生命并不熟稔。

　　仅有的几次交集，也大抵是败兴的。小时候，我们幸运地抓到了两只蟋蟀，囚禁于玻璃瓶，以狗尾巴草挑拨它们争斗。之所以斗蟋蟀，源于课本里学到的《促织》，这篇文章写得异乎寻常的精彩。

　　后来，我们对自己手中的蟋蟀倍感失望，怀疑走进宫廷的促织和我们乡间的蟋蟀不是同类。我们的蟋蟀黑不溜秋，块头也小，与一粒黑豆相仿，而蒲松龄写到的是"巨身修尾，青项金翅"。除此之外，我们的蟋蟀也没有斗智斗勇的精神，"小虫伏不动，蠢若木鸡"，它们是真的蠢笨。

　　也见过夏季的蟋蟀，但夏日的蟋蟀像金丝鸟被幽禁于笼子里。南方一些寺庙周围通常有一些特色商业街，卖一些稀奇古怪的玩意儿，其中养在麦秸秆编织而成的镂空小笼里的蟋蟀，好似一夜之间从天而降，无论走到哪里，总能听到蟋蟀们聒噪，像极了知了。

　　不过，知了由腹部的"发音器"发出声音，而蟋蟀由翅膀摩擦振动发出响声。因此，夏丏尊在《蟋蟀之话》里说："蟋蟀的鸣声，本质上与鸟或蝉的鸣声大异其趣。鸟或蝉的鸣声是肉声，而蟋蟀的鸣声是器乐。"可惜，也许是我没有太高的音乐鉴赏能力，对蟋蟀这种无休止的演奏，非常头痛。

　　我无法理解蟋蟀为何会那么疯狂地制造噪声！也许是离得太近的缘故吧，因为它们成群将我围困，而一旦入秋后，再听听蟋蟀的声音则多了一番凄婉之美。之所以说它凄婉，是因为那声音婉约了许多，怆然若许，莫非秋寒与秋露侵染了翅子所致？

　　有时候，闲坐窗前翻书，忽而就听到旷野里一排排蟋蟀开启了音乐模式，此消彼长，一浪叠过一浪，那时候谁还有心思看书呢？文字再美也只不过是静态的画面，而田间野地里的蟋蟀声却都是跳动的音符啊！听着这样的小曲，渐渐感觉薄薄的凉意浮上身子，一面裹紧了衣衫，一面又忍不住将头伸出了窗外，看向遥远的如水一般柔美的夜色。

　　正在遐思之际，椅子下面响起了一阵短促的叫声，那只蟋蟀不知何时已经躲在了座椅下，它难道寻遍了整个屋子，觉得唯有这里距离我最近，但又恰恰是最安全吗？我将书轻轻合上，看它、听它，有一股奇妙的冲动性的幻象。这小小生灵，从哪里来？从季节的彼岸而来？从遥远的自然而来？抑或从《诗经》里穿越呢？

　　先秦的《蟋蟀》有云："蟋蟀在堂，岁聿其莫。今我不乐，日月其除。无已大康，职思其居。好乐无荒，良士瞿瞿。"用今天的白话来讲，就是："蟋蟀进屋时天气已冷，一年匆匆到年关。我不能再去寻乐了啊，因为时光一去不复返。也不可太享福啊，本职要做好。好乐事不误，贤士警语一定要记在心里。"

呵！眼前这小小的精灵，哪里还是一只普通的蟋蟀呀？真真是秋季的报知者！它并非无知无觉，简直就是活动的日历、不朽的圣贤。

岁月可以冲淡我们的记忆，却无法磨灭蟋蟀的智慧。这只跋山涉水穿过岁月的蟋蟀来到我的房间，以它薄弱的羽翼为我奏出了黄钟大吕般高亢的生命之歌。年之将去，我且"职思其居，好乐无荒"。

住在青春隔壁的孩子

作者：顾南安

操场边高大的乔木，应季节之约，枝丫再一次挂满了繁花。花蕾间散发的淡淡清香，招惹来大批的蜂蝶飞舞。阳光暗自躲在繁花的背后，羞红着一张脸偷窥树下的故事。而树下少男少女四目相对的世界，却只听得见如鼓一般的心跳。

抑或是，你静静坐在座位，借一本书的掩饰，暗自观察不远处的他与周边同学聊天，英俊的眉宇不时上扬出一缕清风，清澈的微笑激荡起层层涟漪。你的心忍不住怦然，却只能把所有的心事装在心里萌芽成一片嫩绿，再没有冲破土层迎向阳光的勇气。

这样的场景，闪现在每个人的青春里。它们像一帧帧浓墨重彩的镜头，拼凑成一部别具青春质感的剧集，在每个人的脑海里安静存放。偶尔遇到某个细节的触发，便再也不受控制，自动播放起来，哪怕那些敏感又脆弱的记忆，你并不想触碰。

然而，青春就是这样，有繁花似锦兜头而来的汹涌，便有万叶凋零伊人独立的凄凉；有朝气蓬勃你欢我笑的热闹，就有失魂落魄孑然一身的孤单；有心心念念唯他独尊的执着，便有黯然失神相思成灰的慨叹……

只是有时，我们不愿承认罢了。

我们总想着，要把青春紧紧握在掌心，点缀成一幅绚烂的图画，要让青春过得轰轰烈烈且与众不同。于是，在无数个草叶带着寒露的清晨，在艳阳高照肌肤像被火炭炙烤的午后，在点点星光像孩童美眼眨巴的夜晚，我们疯狂地读书做题、跑步、聊天、玩闹……在所有能释放激情、安放梦想的时光罅隙，都肆无忌惮，像没心眼儿的孩童。

那些时光，因此被定格成一枚闪亮的书签、一帧浓墨重彩的照片，成为记忆深处的珍藏。将它们悬挂在叫作青春的门楣上，来一阵风，便有风铃一般的细语呢喃。

如诗如梦也如歌。

时间再过得深久些，起伏些，便又会慢慢觉得，风铃的乐音再悦耳，也是短暂的，那音调纵使再动听，也暗含悲伤，萌动的心扉刚开启不久，便要被如水的时光强制关阖。而除此之外的青春，仍一望无垠，在心野上像一株开满花的树，闪闪招摇。

那笔尖存留的书墨的清香，那熟悉的音乐的节拍，那悸动时光里某人指尖的微温，轻而易举就要失却了吗？它们也会如那掠过树丫的春风，带着花瓣泪，终不知所往？而那些尚未涉足的青春美地，我们还想再去看一看，哪怕，只是看它一眼。岁月却静默，周边也无言，空留一阵怅然若失的风，簌簌拂过咿呀作响的心门。

青春，到底是什么？

是一个人的孤单，几个人的狂欢，还是老师、家长面对那分数少得可怜的试卷，紧紧绷着的严肃的脸？或者只是淡然无言的黑板，来不及说再见就挥别了的身影？

只是在如烟往事里并蒂开放的它们，也都在时光不知不觉的流逝里，悄然失声成了旧年的黑白默片。回望，却是记忆越来越模糊的影子，踽踽走向地平线的彼端。

或许，青春真的就是渐行渐远的它们，还有那天蓝水碧花红心晴朗，褪了色的泛白的牛仔裤和充满了光阴褶皱的白衬衫。抑或，青春只是少年脸上带着梨涡的动人浅笑，偶尔难以自已，忍不住决堤泛滥的泪水……

总是在得到那么多欢笑、幸福、感动、甜蜜的同时，遗憾我们的青春少了太多想要的东西，青春却如路旁的花树，静默无言，只顾一季一季绚烂成海，一年一年凋零成伤。

大概，我们从来都没有被青春轻柔地拥进怀抱过，它只是一直都把我们当作住在它隔壁家的孩子，只是一直在安静地注视着我们长大……

我们吓坏了自己

作者：周海亮

在电视台做事的朋友，给我讲了这样一个故事：

有一次，他们的一档娱乐节目需要在大街上做一个随机采访，朋友正好是那个节目的外景主持人。采访很简单，朋友握着话筒，拦下一个个路人，问："如果我现在能帮您实现一个愿望，那么，您希望这个愿望是什么？"回答时间限定，10秒钟。

为这个节目，朋友做了充足的准备。就是说，不管对方做出怎样的回答，他都可以继续问下去，从而将话题延伸。那天，他在街上拦下20个路人，他向20个路人一一询问了同样的问题。

结果，却令他大为震惊。20个人中，有19个人的回答基本相同。10秒钟过去，他们会说："我还没有考虑好。"说这些时，他们表情严峻，眉头紧锁，似乎生怕自己说错，从而失去一个难得的能够实现愿望的机会。

难道他们不知道这不过是一个游戏？当然不是。谁都知道这只是一个游戏，谁都清楚我的朋友不会帮他实现任何愿望。既然如此，他们说什么都行，怎么说都行。可是，他们仍然不肯轻易开口，他们痛苦地一本正经地思考，然后，抱歉地对朋友说："对不起，我还没有考虑好。"

甚至有人说："如果给我一天时间，如果您明天还要采访我，那么明天，或许我会给您一个最完美的答案。"朋友那天非常失望。他说，这个城市的人已经习惯了毫无理由的严谨。或者说，他们被自己吓坏了。

被自己吓坏了？我不懂。

是的。朋友说，他们总是害怕出错。或许他们害怕受到我的愚弄，或许他们害怕受到路人的嘲笑，或许他们害怕将自己的愿望暴露，或许，他们真的害怕失去一次实现愿望的机会。总之，他们失去了回答一个最简单的问题的勇气。

事实上，这个城市的人每天都在遭受各种各样的惊吓：怕失业、怕失恋、怕降薪、怕成为笑柄，等等。或许他们曾见过别人失业、失恋、降薪、成为别人的笑柄，或许他们在以前的生活中也曾失业过、失过恋、降过薪、成为过别人的笑柄，或许这一切的发生，有时候真的仅仅因为一句随口而出的没有经过深思熟虑的话，因此，他们只能练成千篇一律的严谨和古板。

他们每一天都在小心翼翼地过日子，生怕说错任何一句话甚至一个字，哪怕是做类似"帮你实现一个愿望"这样的游戏。

不是还有一个人说出了自己的愿望吗？我问。

那是一个男孩。朋友说。

他的愿望是什么？

给我5块钱！

我们都笑了。

只有孩子才可以无所顾忌地说话，才可以将自己的愿望毫无戒备地暴露给别人。朋友说，所以那天我真给了他5块钱。后来我想，假如那19个人真的说出自己的愿望，有些愿望，或许我真可以帮他们实现。可

25

是，他们没有说……

第二天你又去采访他们了吗？我问。

没有。那档节目最终被取消了。其实，就算我第二天再去，我想他们也不会考虑好。事实上，他们永远都不会考虑好。考虑的时间越长，越难以抉择。因为他们被自己吓坏了，还因为，他们想要实现的绝不仅仅只有一个愿望。

所以，就算你 20 年后仍然采访这 20 个人，结果也会完全一样。

不，朋友笑笑说，结果肯定不一样。

不一样？

不一样。朋友说，因为那时，将愿望暴露的那个男孩，已经长大了。

干草堆里的青鸭蛋

作者：暖纪年

鸭子在晨光之中抖抖翅膀，困倦地徘徊在爷爷奶奶门前等待食物，小小的脑袋排成一排，好像很乖巧的样子。

每到这时候，我和隔壁门的男孩子阿明就一起披着晨光出门，偷偷翻到木头堆和灌木丛背后，寻找青皮鸭蛋。丛生的干草堆，交错的木头缝隙，大片的落叶之下……都可能藏着。有时候运气好，捡起来还是温热的呢。

鸭蛋的青色非常好看，浅浅淡淡，壳又薄脆薄脆的，对着太阳似乎还能透光，还有可能是双黄蛋。捡鸭蛋也有讲究，是不能全部带走的，一定要留上一个。这样鸭子就不会发觉，下回还会在这里做窝，拿粉笔或者捡一块奇形怪状的石头做个标记，下次就不用再满地去找。

摸到的鸭蛋都是带回去央求着奶奶加菜的，把鸭蛋咔嚓一下在锅边缘敲碎，轻轻一拎整个就滑落下去，躺在油上滋啦滋啦响着，一边冒出金黄色一边散发出香气来，只要轻轻加上一小把葱，就非常香嫩了，还带有一点翻炒出的焦香味。

关于鸭蛋，印象最深的有三件事。

第一件是以前班上有个家庭状况不太好的女孩子，妈妈生日一直不知道该送些什么表达心意，我就拍着胸脯带她去自家后院摸鸭蛋了。那天找了好久才找到一个，我打破规矩把那一个拿走了，后来好长时间我都没能找到新的鸭蛋窝。

我俩手忙脚乱炒好一盘品相不好的鸭蛋，那时候乡下普遍物质匮乏还节省，回家后奶奶却没有怪我，就是弹着我的脑袋说我善良傻气。后来，同学妈妈经常送自家种的枇杷、柿子、橙子过来，那个女孩是我到现在的好友。

第二件是我一直觉得对不起隔壁的男孩阿明。有一次去找咸鸭蛋，一整天都没找到，倒是一起爬树玩的时候掏出了两个新鲜的小鸟蛋。从来没吃过鸟蛋的我开开心心带回了家让奶奶煮，阿明待会儿就过来。

可鸟蛋鲜得让人想把舌头一块儿吞下去，一口就被我吃完了。我绞着手指打电话给隔壁阿明家，支支吾吾撒谎说鸟蛋是坏的。阿明一点都没怀疑我，只是可惜了好久。我后悔了好久好久，觉得自己才是那颗坏掉的蛋。

最后一件是过完年那天，阿明父母炒了一整盘好吃的韭菜炒鸭蛋和别的好菜。阿明还奇怪，年都过了，为什么还在庆祝呀？阿明父母摸摸他的头，说出门一会儿，明天再回来。门外的三轮车吱吱作响，阿明在院口指着夕阳，说："你看，它好像煮得半熟的鸭蛋黄哦。"

我低头，趁他不注意，"噌"地从背后掏出两颗奶糖，夕阳落在我还漏风的牙上。阿明接过糖，一下子忘掉所有惆怅，笑得眉眼弯弯。三轮车一眨眼就投入了滚滚的阳光中，夕阳悬在天边像刚被咬破一口的鸭蛋黄。我知道他们明天不回来，后天也不回来，就和我家一样。可是没关系，等啊等啊，等到草木发芽，吃过粽子、咸鸭蛋，吃过月饼、桂花酒酿……等雪再下满，四季轮转。

他们就又在不经意之间突然推开家门，桌上摆满了吃食，厨房里灶的白烟和香味一点点漫上来，热腾腾铺上整个屋子。

现在我们只需要想，去哪里找隐藏的青皮鸭蛋，透过光猜有没有好运气，它还是一个双黄蛋呀。

29

第二章 —— 青春欢悲皆有力量

她常常回想起那段经历，常常问自己：青春究竟是什么？是那句始终未出口的对不起，还是可爱的小酒窝，抑或是星空下的那首歌那支舞？也许都不是吧。也许青春只是我们永远都回不去的，却也始终无法忘怀的美好年华。

那段再也回不去的青春年华

作者：嘟嘟妈妈

英国诗人拜伦曾说过："没有青春的爱情有何滋味？没有爱情的青春有何意义？"

记忆深处那段美好的时光里，他在看，她在闹。

高一开学的那天，秋风轻轻吹着，不冷不热，天是那么蓝，一切都是好的兆头。

熙熙攘攘的人群中，一抹红色在不停穿梭。她迟到了。

好不容易踏着上课的铃声，她迈进了教室，放眼望去，是一双双好奇的眼睛，只有第一排的角落里还有空位，旁边坐着头也没抬的他。

干净的白衬衫，整齐的头发，在她走近的时候，他只是轻轻点头示意，却不曾想，那唇边的酒窝直击她的心灵深处，只那一下，恍若隔世。

班主任讲的什么，她听不清了。

满脑子都是他唇边的酒窝，想再转过头去看看，却又怕惊扰这一场梦。

军训的日子里，他们一个排头，一个队尾。

最难熬的，不是炎炎的烈日，不是滑落的汗水，不是一直重复的正步，而是咫尺天涯的距离。

徐徐的秋风吹过，带着丝丝凉意，她竟然开始抱怨这恼人的风，怎么不知疲惫。

军训会演结束后，照例是新生们最期待的文艺会演。

那天晚上，看不到月亮，却有漫天的星光闪烁。

他们一个穿着白衬衫弹吉他，一个穿着白裙子随风起舞。

每个节目结束后，都会响起雷鸣般的掌声，只是这一次独独意外了。谁也不愿去打破那宁静的画面，仿佛时间静止了一般。

有了他在身边，学习的日子不再那么难熬。

晦涩难懂的数理化，在他的笔下也变成了乖孩子。他的声音有一种魔力，像和煦的春风，让她沉醉，也让她着迷。

和谐的画面，在墙外梧桐最后一片树叶飘落的时候，戛然而止。

这天照例要发新书，他拿起两本书仔细比对，将另一本轻轻放在她的面前，在那本书的扉页上一道压痕那么刺眼。

她看向他，原本干净的白衬衫不知何时已悄悄泛黄，明明墙边就是早已烧热的暖气，她却仿佛置身三九寒天，如坠深渊。

日子就这样平淡地过着，只是她不再找他讲题，也不再有意无意地搭话，一切似乎没有什么改变。

就这样转眼间，冬去春来，柳树的枝头才刚刚冒出一抹新绿，他们一个文、一个理，终于迎来了这一场注定的分离。

填资料的那天，刚好是周五，也就意味着下周一开始，他们短暂的同桌生涯将彻底结束。

她很想问问他，当时为什么要那么做，却不知道该如何开口。

后来，她有了新的同桌，只是一切都变了模样。

她永远也无法忘记，他笑着说：“发下来的前两本书都会有压痕，我知道你们女孩子不喜欢，所以对比过了，给你的那本更好些。以后要记得，开学这天一定不能迟到啊！"

再后来，高中毕业的他们各奔东西，慢慢地断了联系。

她常常回想起那段经历，常常问自己：青春究竟是什么？

是那句始终未出口的对不起，还是可爱的小酒窝，抑或是星空下的那首歌那支舞？也许都不是吧。

也许青春只是我们永远都回不去的，却也始终无法忘怀的美好年华。

最美的时光

作者：涓涓细流

我把自己的青春期定在高中那三年，从 2004 年的夏天，我踏入青高的校门开始。如同歌里唱的，"青春仿佛由你开始"，我的青春是从见到小禾开始的。

小禾是个娴静的女生，与动如脱兔的我形成鲜明的对比。九月，天气还热得很，没分班前的大教室里，一百多个人嘈杂得很。她拿着笔，在本子上画出美丽的花纹。我被她那么淡然的气质吸引，想着如果能和她认识就好了。

没想到第二天分班，我们不仅在一个班，还是同桌。我问她叫什么名字，她告诉我全名后又加了一句，"但是我喜欢别人叫我小禾"。哦，小禾，真是个好听的名字。小禾在上课时总喜欢在纸上写写画画，最常做的事情是发呆。

我们在高一的下学期分到了不同的班级，我们也住在了不同的宿舍。但是，每天早上我们还是习惯手牵手走过操场，走进不同的教室。那时，满天都是星辰，月亮还在半空。有个冬天的早上，我们哆哆嗦嗦地走着，学校广播里放着梁静茹的《宁夏》，我们不禁哑然失笑。

我们一起读郭敬明的小说，宿舍定点熄灯，只能去走廊的声控灯下读，看一会儿就得跺一下脚。就这样，还是在初冬花几个晚上把整本小说读完了。我们的青春里满是这些小说里的人物呀，说起他们就像是在说和我们坐在一起的同学。只有我们，才能听得懂彼此说的那些话，因为只有我们一起看过同样的书。

高二时，小禾又和我在同一个班了。这时，《超级女声》火遍大江南北。我们总是趁着午饭时间去外面吃饭，然后一起看"超女"。小小的屋子里，风扇有气无力地摇着，反正也吹不散一屋子女生兴奋的讨论。

整个高中三年，有两年半都与小禾是同桌。我们最常做的事，是上课时一边听课一边轻轻地哼着歌。如果是三个人一排时，另一个同学总是抗议，但我们总是改不了这个毛病。那些我们哼过的歌，也变成我们记忆中的一部分。班里开班会时，我俩也会手牵手地上去唱歌，以至于很多高中同学都还记得我们当初唱过的歌名。

我们共同的梦想是开一家书店，木制的桌子和舒服的沙发，伴着咖啡香，我们虚度年华。这或许是当年我们在高考强大的压力下最有力的慰藉。青春最大的好处就是可以做梦，并且固执地认为，只要是梦想，就一定能实现。

和小禾一起手牵手走过的时光，看过同一本小说，合唱过很多很多歌曲，在操场上为同一个男孩加油，又一起做同样的梦。

我们一起度过的时光，就是最好的时光。

青春是胡桃的清香

作者：暖纪年

　　爽子奔跑进教学楼的时候，黄昏的风静默轻软，挽着浅粉色的樱花零落。落日在教学楼身后，投下巨大的弧形阴影，硬生生分割开阴影和光芒。

　　爽子不顾一切地奔跑进阴影里。

　　胡桃从容地、静静地从阴影里走出，她原本栗色的长发被温柔的日色覆上，微微在日月交替的时候闪烁。

　　她们在光芒和阴影交界的地方擦肩而过，分毫不差。

　　不同的是，一个决定表白心意，一个决定放弃。

　　第一次看《好想告诉你》，为了树下捧着樱花一脸傻笑的爽子。爽子就像冬日的初雪，清白温软，纯粹清澈。

　　爽子就像我喜欢的所有笨笨的、执着的姑娘一样，会迷路会走丢，会结结巴巴、面红耳赤，只因为一点小小的解释不清的事情。会因为小小的私心，在自制的巧克力上给喜欢的人多放了杏仁，于是最后把巧克力分给了所有的朋友，却独独不敢给喜欢的人。

　　而胡桃就像她的名字一样，裹着坚硬涩涩的壳，雪藏着关于喜欢的秘密。如果用小小的木槌砸开，会有独属于胡桃的淡淡清香。

她扎着斜斜的花苞头，温柔漂亮，成绩优异，会耍小小的心计。用尽所有的时间让自己变漂亮变优秀，像《初恋那件小事》里的小水那样。但是，胡桃终究和小水不一样。小水可以紧紧攥着喜欢的人的纽扣，抱着"希望变优秀变漂亮，可以让那个人喜欢上自己"的简单愿望。

胡桃甚至早就知道，他不喜欢她。

胡桃所做的一切不过是为了当她站在讲台、舞台上绽放光芒的时候，当她在运动场上忙着送水组织活动的时候，被别人夸奖的时候，他的目光能稍稍停留。

胡桃孤零零地坐在教室里，额头蹭着冰凉冰凉的玻璃，火烧云的光芒带不来一丝丝暖意。她的目光透过斑驳的树影，落在他身上。

喜欢爽子的温柔和执着，但是更喜欢胡桃小小的不甘、嫉妒。

因为胡桃，更真实，更像我们。

那时候会因为一个爽朗或温和的笑，满心欢喜得整晚咧着嘴角睡不着。会因为别人在他的面前提到我，不知是好话坏话而紧张兮兮。上课愣神醒过来发现书上全是他的名字，深蓝色的窗帘偶尔会灌进清凉的风，发呆很久，居然也没有舍得画掉。

那时候最奇怪的就是，凭什么我省吃俭用攒了一个月生活费，买下最喜欢的那条裙子逛遍整个校园都碰不到他，却往往在蓬头垢面头发随便一绑的女汉子形象的时候，他偏偏出现。

也耍过小小的聪明，小小的无害心计，只不过是因为，害怕那么久的努力还不曾被他看见，就失去机会。

一晃三年，我始终离他的世界遥远。仍然在习题中等待，他穿过走廊的一瞬间。

高三那年，我参加了最后一次的艺术节。我在台上念诗，用连我自己也不知道，是不是此生都不会再有的温柔声音，念木心的诗。

"从前的日色变得慢／车，马，邮件都慢／一生只够爱一个人。"

那一瞬间，我甚至想过干脆趁着毕业所有人都在场的情况下，喊一声他的名字。

最终还是算了，我不是爽子啊，我只是那个始终孤单，就算想尽办法努力变优秀也始终没把握的胡桃。我遗憾用了三年时间，却从来没有出现在他的故事里，却不遗憾整整三年里，早起、听课、做笔记、涂鸦、晚自习等等，所有想起他满心欢喜的时候。

世界上有这么多擦肩而过的人，一生中仍然会有人令我一眼间沉沦。但是，只有这一次，我18岁，耗尽了三年漫漫时光。漫长漫长的一生，我会喜欢别人，却都不再是18岁的我那样的心情。

到底还是幸运的啊！

18岁的我，独自站在黑暗舞台之中，轻轻地笑，并且释然。

千万别害怕辜负与被辜负，千万别考虑、权衡对方喜欢还是不喜欢再决定自己的态度，千万别害怕那些一闪而过的嫉妒、小心思、坏念头，你要相信无论有无结果，都是幸运。

所以，千万千万别害怕，在最好的年纪，遇见他。

"蚂蚁"为何不上"树"

作者：罗鸿

"蚂蚁上树"是我大学期间学做的第一道菜。此后，每当吃到这道菜，都会想起那段无忧无虑的青葱岁月。

那时候，值班老师会不定期地来抽查寝室，打开门，他们看到的都是一样的陈设：迎面而来的窗玻璃洁净如新，窗台前，长桌子和四把椅子被擦得漆黑油亮，进门左手边靠墙的是两张上下铺的单人床，右手边摆放着生活用品，一扇门通往阳台和卫生间。

他们看不出这里的"机关"，除了我们寝室的四个聪明人，谁能想到把煤油炉子装进袋子，悬空挂在窗台上？

窗台就是它们的天然庇护所，就这样瞒天过海，从未被发现。

那时候，我们真会变着花样玩啊。夜里煮方便面，周末煮火锅，心情好时，还自己炒两道菜，并且自我感觉良好地认为，比食堂的大厨手艺好多了。——而当年，我最爱的就是"蚂蚁上树"。

那时候没有百度，只有地摊上卖的图文并茂的川菜菜谱，书里讲了"蚂蚁上树"的来历。丈夫死后，婆婆卧病在床，窦娥独自支撑贫寒的家庭。她费尽口舌才赊来一小块肉，用家里仅剩的一把粉丝，做了一道肉末炒粉丝，婆婆闻到香气便赞不绝口，把碗里的肉末误以为是蚂蚁，"蚂蚁上树"就这样出名了。

这是一道用料很简单的菜，但是麻辣鲜香、滋味悠长，用筷子夹起几根粉丝，那晶莹爽滑、色泽红亮的粉丝在筷子上仿佛垂起一道水晶帘子，令人垂涎欲滴，而那粘在粉丝上的肉末，仿佛正在往树上爬行的蚂蚁，形似神似，无怪乎得此美名。

然而，最初我做的菜里，"蚂蚁"是"蚂蚁"，"树"是"树"。夹起粉丝还未入口，肉末已经纷纷下落到盘子里，毫无美感。对照着菜谱再琢磨，慢慢地有了一些经验，粉丝得剪断，用温水而不是开水来泡发，用筷子在锅里夹着翻动粉丝，比锅铲更合适。起锅前，加一把葱花可以使其增色不少……然而，为什么"蚂蚁"还是不能上"树"？

40

每次和室友们辩论搁调料的多少，下粉丝的火候，众说纷纭，一人一套理论，把窗外的麻雀都惊飞无数次。虽然每次吃完饭，盘子如同洗过一般，但"蚂蚁"还没上过"树"啊！我们纳闷儿而又忧伤，这肉渣炒粉丝，虽然可口，但哪里配得上那个传说中的美名？

什么问题难得倒一群"吃货"？某天中午，我们四人齐刷刷站在食堂外的小炒窗口，一起点了"蚂蚁上树"，八只带着眼镜的眼睛专注地瞅着那个肥头大耳的师傅和他面前的炒锅，生怕漏掉一个环节，倒清油，下肉末，加各种作料翻炒，掺入鲜汤，放入粉丝，撒上葱花……铲子飞速翻动，令人眼花缭乱！起锅了！一气呵成！我们面面相觑，和我们的步骤异曲同工啊，人家的"蚂蚁"咋就在"树"上呢？师傅扯着嗓门答疑解惑："要选半肥瘦的猪肉！要大火煸炒！"我们恍然大悟！

"纸上得来终觉浅，绝知此事要躬行。"一本菜谱能培养一名厨师吗？人家的技艺都是长年累月地摸索出来的啊！从那以后，我们再不敢自诩懂得炒菜了。

此后，在校园里遇见那个胖大厨，白帽子，白衣服，白胖的脸上笑容可掬。我们亲切地向他问好，对"烟熏火燎"后的他依然慈祥温和的样子，我们心存感激。目送他远去后，想起那道名叫"蚂蚁上树"的菜，我们不禁相视而笑。

41

鸟鸣清晨

作者：赵宽宏

"哆来咪嗦哆咪嗦""嗦哆咪嗦哆咪"……这个像瓷片划出来的声音，分明还沾着清露，从我窗外的小树林间响起，将我的梦划得痒痒的。这是鸟鸣，润心悦耳的鸟鸣。我完全从梦中醒来，侧耳聆听。远处也有鸟在和鸣，隐隐约约，婉转羞涩。天刚微露曙色，蒙蒙亮，早起的鸟儿就扇动起欢快的翅膀，忍不住亮了一嗓子。接着，不需要等好久，远远近近就是一片嘎嘎咕咕，吱吱啾啾；鸟语盈耳，又一个清晨明媚芬芳起来了。

我是农村长大的，对于鸟鸣，是再熟悉不过的了。可以这样说，世世代代，农村人的每一个清晨都是被鸟鸣唤醒的。在鸟鸣渐次疏落之际，人们也就吃好早饭开始一天的劳作了。

不过，在我们这一代人的心中，鸟鸣有时是会勾起一丝隐隐的痛感的。那是 20 世纪八九十年代，我在深山的一个小镇工作，深切地感受过鸟鸣曾一度哑默；以至偶尔冒出来一两声鸟鸣，总会冷不丁在心中溅起涟漪，显得那么金贵，让我的耳鼓震颤，让我的目光惊诧，让我想起童年，想起故乡，想得很多很多。

那些年，鸟声哑了，鸟声没了，我一直以为是自然环境的恶化造成的。空气中弥漫着"科学"，空气不再清新了；河水中流淌着"文明"，河水不再清澈了。树少了，而且树叶上不生小虫了；草萎了，而且草尖上没有露珠了。可这一切，应该都是鸟的"声源"，是鸟鸣中的每一个音符的胎胞。

在鸟声哑了鸟声没了的时候，人们到山林中去设法捕捉一种叫画眉的鸟，回来关在笼子里喂，为的就是要听鸟鸣。我清楚地记得，单位为此还成立了一个画眉协会。活动的时候，大家纷纷把鸟笼提来进行鸟鸣比赛。于是想起了一句话：不管什么东西，只有当失去的时候才觉着它的珍贵。

是啊，在我们的生活中，在人的生命中，要是没有了鸟鸣，那是多么可怕。可以说，鸟鸣是人的生命的一部分，它的消失会让心灵成为一片死寂的荒原。

后来，多年后的一天，终于又听见鸟鸣，且越来越盛。我激动地把这个消息告诉一位有点鸟类知识的朋友，我以为一定是现在的环境得到很好的改观了。友人告诉我，环境当然很重要，但重要的还有枪口。"你不觉得现在连麻雀也多起来了吗？

这就是明文规定不允许用气枪打鸟的缘故。"说话间，我看见正有一群麻雀在我的阳台上叽叽喳喳叫个不停，像在证明，枪口的消逝终为它们创造出一个"和谐社会"。原来，鸟鸣的回归，除了"绿水青山"的理念使环境得到改善，还有枪口消失的缘故。

晚饭后到楼下去散步，路边草丛外有一群孩子围在一起指手画脚地干什么。信步走过去一看，原来是一窝雏鸟，有五六只，它们拥挤在一起，吱吱鸣叫；不远处，两只鸟焦躁地蹦跳着，不断地悲声嘶鸣着，它们是这窝雏鸟的父母。

能在路边的草丛里见到雏鸟，这也是若干年前的事情了。我忙跟孩子说道理，劝他们离开。孩子们倒也听话，好奇地议论着，恋恋不舍地避开了……

鸟的一家子是如何度过这个夜晚的，不得而知。第二天清晨，我又在"哆来咪嗦哆咪嗦""嗦哆咪嗦哆咪"这个沾着清露的声音中醒来，心情大好。

跳舞记

作者：凉月满天

　　十几年前，我教初三。我们班有个女孩子，穿着男孩子的衣裳，鞋后跟都是破的，头发永远短短地支着，双手插兜，晃着膀子横穿校园，嘴里粗话不断。有人叫她"假小子"，她就跟人家干架。

　　我批评她，问："你为什么要剪这么短的头发，还穿男孩子的衣服呢？你看那些女孩子，穿着花衣裳，留着长头发，多好看。"

　　她脖子一扭，粗着嗓子，硬硬地说："不要你管！"

　　我诱哄她："做女孩子多好，穿得漂漂亮亮，说话娇娇弱弱，还可以支使男生干活儿，你要不要做回女孩子？"

　　她抢白我一句："我不要男生替我干活儿，我要男生跳一次舞给我看。"

　　"哪个男生？"

　　"全班。"

　　我好犯难，最后心一横："跳就跳，他们一群大老爷们儿有什么不敢！"

　　我和她击掌为定。走出办公室的时候，她还是晃着膀子。但是，渐渐地，步子迈得小了些，膀子也不晃了。

过了几天，她的步姿像女生了，头发依然很短，却脱下那件老绿的军大衣，穿了一件粉红的羽绒服来上学，抿嘴一笑，"雷"倒一片。

她期待地盯着我看。我赶紧招呼班里的男同学："我曾经答应张诗诗同学，如果她漂漂亮亮来上学，男同学就跳舞给她看。同学们说，她今天漂亮不漂亮？"

同学们异口同声："漂亮——"

"好，"我说，"下面，请男同学们上场。"

班里一阵忙活，桌椅板凳挪开，全班13个男生站在前面。体育委员一声："预备，跳！"他们忽然开始疯狂地扭动，脖子一甩一甩，胳膊一甩一甩，大脚丫一抢一抢。我也不知道他们跳的什么舞，感觉像抽风，像抽筋，像过电门，全班的女生都笑疯了。被我拉到前排的诗诗笑得腰都直不起来。她本能地想要咧开大嘴哈哈乐，我一只手伸出去作势要挡，她一怔，声音调小了两三度，银铃样的声音，发光的脸庞，真是一个美丽的女孩。

跳完了，我问："张诗诗同学，他们跳得好不好？"

她红着脸，大声说："好！"

那天，诗诗一走，我就召集班里的男生开了一个小会，告诉他们我和诗诗同学的约定。人气很高的体育委员替面有难色的他们拍胸脯："老师放心，我们这几天加紧练习，不会让您失望的。"

果然。

诗诗面向同学，鞠了一躬，拿出一张纸开始念："我特地请求全班的同学做监督，我一粗声大嗓，就替全班打扫卫生。"大家又哄堂大笑。

一开始，她还真的挨了几次罚。我在旁边坏心眼地笑眯眯看，然后跟她讲条件，如果她明天一天都能注意自己的言谈举止的话，我就替她干一半。结果，同学们看我干，过意不去——于是，小小的一次班值日，最终往往演变成全班大扫除。有一天，我想起来，诗诗似乎有一个多月没挨过罚了。确实，有什么理由罚人家呢？眉眼弯弯，鹅黄的衣服干净整洁，班里的女生还教会她编小辫，原来的毛毛虫真的蜕变成一只漂亮的蝴蝶了。

要毕业了，她问我："老师，你为什么一定要让我当回女孩子呢？"

我笑了。那次家访，诗诗那阴暗破败的家、举止粗鲁的爸爸给我很深的印象。原来，她的母亲生她时难产去世，父亲做泥瓦匠，没空管她，她整天跟着叔叔伯伯家的一群男孩子疯跑疯玩，拣他们的剩衣服穿，逐渐也变成臭小子的模样。

我扶了扶眼镜："怎么说呢，如果你一直打扮成男孩子模样，说不定会被人看成异类，遭人排斥，这样你就会痛苦、会难过。既然是女孩，那就当一个漂漂亮亮的女孩，不好吗？"

她走过来，和我抱了一下，轻轻地说："好。"

这个"好"字，一直让我记到现在。这是我作为一个老师，一生难忘的温暖。

最爱当时少年狂

作者：张莹

"不喜欢就是不喜欢，为什么非让我喜欢？！"

"那你也得学呀，不学怎么办？"

"不怎么办，上课别管我了，我考好了就是了！"

"课堂纪律呢？"

"我不说话！"

丢下最后一句话，我几乎飞一样，逃离了班主任赵老师的办公室。

我不喜欢的是王老师，那个胖胖的、凶巴巴的小老头儿。每节物理课之前，我都浑身发颤，就怕他的提问。他不只是"阴森森"地看着你提问，而且一旦回答错了，他就会严厉地批评。最倒霉的还是第一排的同学，都不敢抬头……

我坚持了半年，实在坚持不住了，于是不交作业，逃课。和我"同命相连"的还有李慧、王杰、肖松。很快，王老师告到了班主任那里，我们被狠狠地批评了。

无论如何，下定决心，即使考倒数第一羞死，也不能让他吓死。所以，无论赵老师怎么劝，怎么做思想工作，就是不行，拒绝他的上课提问，拒绝交他的作业。而且，还天不怕地不怕地保证，期中考试保证 90 分以上。如果考不到，任凭老师发落。

狂妄，简直太狂妄了！王老师气坏了，冲我们直吼。90 分啊，简直是天方夜谭。因为当时班里最好的成绩才不过 93 分。中午，我们几个跑出校门，来到校外的那片麦地里，坐着，看春天的小麦，绿油油的，软绵绵的，多像一群可爱的孩子。可我们不是，我们是一群心事重重的孩子。在班里，我们的成绩还可以，突然这么坚决地要放弃物理，考重点高中简直是无稽之谈。

其实，我们并不是真的要放弃，只是觉得物理很难，而王老师又那么“不近人情”，我们受不了了！话，说出去了，接下来，怎么办？

王杰一直喜欢班里那个叫刘明远的男生，背地里，曾悄悄写过一些所谓的小诗给他。在那个男生、女生几乎不相往来的年代，这是多么让人震惊的一件事情啊！但是，王杰不怕。只是，王杰一直找不到和他正面接触的机会。因为，那是怎样一个刻苦的男孩啊！稳稳当当地保持着年级第一，安安静静地上好每一节课。

当我们几个同时想到他那令人羡慕的物理成绩时，我们看向王杰。王杰忽然意识到了什么，看着我们几个：“干吗？神秘兮兮的！”“找刘明远帮我们吧！”“啊？”王杰惊呼，然后是高兴，然后是信心满满。她噌地从地上站起来，说：“好吧，我豁出去了！以后每天中午，准时在这儿集合。”

我们不知道，王杰是怎么说服的那个男孩，反正以后的每天中午，那个男孩就羞答答地来了。每次我们都很认真，听着他给我们讲王老师上课讲过的，或者是没讲过的问题。当然，他也会耐心回答我们提出的那些可笑的问题。

时间长了，班里有关王杰和刘明远的风言风语传来。

49

王杰生气了。一天上课前，王杰走到讲台上，拍着桌子，冲着班里大声叫道："说三道四的人，你们注意了，真有本事就考个全班第一看看！"

　　说来也怪，王杰这样叫完了之后，班里安静了好长时间。我们继续让刘明远教我们物理，而且，还把自己做的习题让刘明远批改，刘明远真的成了我们的"老师"。小麦半人高的时候，微风吹过，仿佛是绿色的海。我们在这海里，讨论电路、串联、并联、浮力……我们要像茁壮的小麦一样，使劲儿地长。期中考试了，我们几个的物理成绩，除了肖松是 88 分，其余都是 90 分以上。我们胜利了！赵老师笑了，王老师也难得地笑了。他对我们说："好好来上课吧！"

　　当麦子泛黄，大地穿上金色外套的时候，中考来了。很幸运，我们几个都考上了那所心仪的重点高中。

　　后来，我们也知道了一些"秘密"，当初并不是王杰说服了刘明远，而是赵老师允许的。王老师也提前给刘明远讲课，并把我们的作业一一批改，让刘明远交给我们。当然，王杰那些美好的小情怀，也在光阴里风干成了花，点缀了记忆。

　　都是少年狂妄啊，谁能想到，我们一次次小小的任性，会给老师们带来这么多的麻烦呢？谁又敢想，如果没有老师们默默地支持，我们又会怎样？这样的青春少年狂，谁的青春里不曾有过呢？而这样踏实、坦然、努力的少年狂，又怎能不令人怀念、令人欣喜呢？

书房记

作者：辛峰

书，是指引灵魂的灯塔，也是人类从蛮荒走向文明的标志。

我想，我是喜欢书的。这种喜欢是一种发自内心的喜悦，是阅读到动情之处悲欣交集、泪盈眼眶的慰藉。它既来自我手中的书本，又来自另一个现在仍存在，或者已经不存在的思考者的灵魂，向我传达一种穿越时间而直抵人心的力量。所以，我一直以为，文字是这个世界上最值得我们敬畏的一种存在。仓颉造字，惊风雨而令鬼神泣，也绝非只是一个遥远的传说。

记得在很小的时候，母亲便告诉我要敬惜字纸。母亲用的是"敬"而不是"珍"，这在不识字的母亲的心目中是把字纸和她一向敬畏的神祇摆在了同一个位置。因此，自从我上小学开始，每当我写作业的时候，母亲都要把我坐的桌椅擦拭得干干净净，才让我把书本摆上去。我想，那一桌一椅应该就是我最初的书房吧，它们摆放在乡村的篱笆门旁，紧邻的猪圈里不断传出小猪的歌谣。现在想起，我常常在心里偷笑，那应该是我最珍贵的童年了。

乡村的孩子，喜欢读书和能读到好书常常不是一回事情。20 世纪 80

年代的我们，乡村的读书资源还异常匮乏，一本连环画常常被我们翻得起了毛边。葫芦兄弟的故事和郑渊洁的《童话大王》只有父母在城镇工作的孩子才能有，而能拥有一本《365夜故事》在我的眼中看来，那就是这个世界上最幸福的孩子了。

每次暑假跟爸爸去单位玩，路过新华书店的时候，我宁愿什么好吃的也不要，也要买几本喜欢的连环画或者故事书。父亲也是没有读过书的，只是在以后的工作中慢慢地学习了一些基本的文化知识。所以，他对我的请求从来都会满足，同时也不会少掉好吃的。

记得有一次，爸爸带我去新华书店，我看中了一套12本的《铁道游击队》的连环画，售货员说要12块钱，我听了吓了一跳，以为这次爸爸一定会拒绝我买书的请求。要知道，当时的12块钱相当于爸爸在单位10天的伙食费啊。可爸爸也只是低头看了我一眼，就爽快地付了钱。后来才知道，爸爸为了给我买书，整整一个多月都没有抽烟。

我为这件事情内疚了好一阵子，也在内心激励自己一定要好好念书。在小学的整整6年时间里，我是没有书房的，也是没有自己独立的房间的。当时，乡村孩子的生活环境大致如此，物质条件的限制在很大程度上压抑了我们对精神食粮的渴求。因为条件有限，所以极为珍惜，我们总是将手中的每一本书反复阅读，相互传阅，交换阅读，这相比今天的孩子读起书来囫囵吞枣，却也无形中培养了我们精读的能力。

上初中时，家里的新房落成，我拥有了自己的房间。但大多数读书的日子一直住校。我的书房总是空着，但母亲依然把书房装饰得漂亮雅致。梅兰竹菊的字画条幅是我从书店里选回来的。桌前的台灯是我作文获奖的奖品。书柜是爸爸特意请村里的老木匠做的。

书柜落成的周末，我迫不及待地将自己的所有藏书摆进书柜，并加了一把小锁，特意告诉母亲不准任何人动。如果我不在的时候有客人来家里翻动了我的书籍，或者借走了我的一本书，我常常会对母亲发火。我想，在书籍上的小气应该是我身上最大的坏毛病了，可这辈子恐怕都改不了啦！

从初中拥有了一套四大名著，到高中文学类藏书增添到100多本。藏书的不断丰富和最大限度地利用图书馆阅读极大地锻炼了我的阅读写作能力，开阔了我的视野。高中的那次全县作文比赛获得一等奖，全面开启了我的文学之梦。

从文理分科我毅然选择文科，到高考志愿我填报中文系……数年的大学生活是我将自己沉浸在图书馆里的四年，从第一篇文章在《视野》杂志的发表，到在《华商报》和文学刊物上发表的豆腐块，我的阅读从未终止，我的笔从未放下。从毕业以来的第一部长篇小说在华商网的连载，到现在蛰居城中村书写《西漂十年》，我的梦想从未停止。

看到华商报的"新书房运动"，我的心忽然间有一种被彻底击中的疼痛。埋首书海20多年，我竟从没有想过给自己的书房取一个名字。但是，我肯定千次万次地在梦中想象过自己书房的模样，像诗人海子一样，梦想站在房子的门口，面朝大海，春暖花开。

我想，如果真的有那么一天，我书房的名字就叫作"沁风斋"吧，愿我的文字能像一股沁人心脾的春风，拂去你心头的那一缕忧愁！

53

第三章 —— 漫步在青春的回忆

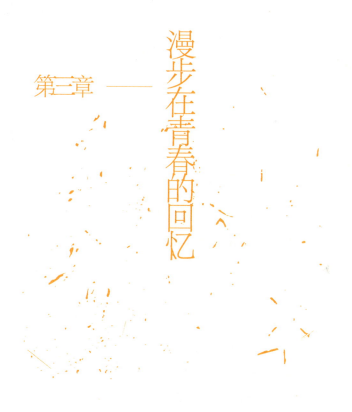

时光荏苒，转眼已人到中年，我时常怀念小时候夏天的味道。或许，就在这个仲夏夜，我会梦回故乡的夏天，躺在山野阡陌间，看蜻蜓翻飞，嗅瓜果飘香，听蟋蟀歌唱，沉浸在那久违而又亲切的香气里。于是，我的整个身心与灵魂都变得澄澈而安宁。

童年的石磨声

作者：赵宽宏

两片石头相叠，上片的磨石顺时针转动起来，下片磨石却静如泰山，纹丝不动，那"嗡——"的声音却会凝重地响起，不紧不慢，不屈不挠，像昔日乡村凝重的日子一样，不起一丝涟漪地萦绕在我的童年。

这就是石磨声。

磨子是石头凿成的，放在一张木制的磨盘上。下片的石头中心凸有一疙瘩（柱），上片的石头中心凹有一肚脐（孔），上片石头往下片石头上一盖，孔含柱进，严丝合缝，就成为一座人们向往的磨子。

上片的磨石边缘凿有等距离的四个小孔，每个小孔都能系上绳套，穿进木棍，就可以拉动或者推动磨子了，就会有那浓得化不开的"嗡——"声响起了。

上片磨石上还凿有一圆形的"磨眼"，谷物随磨眼进入两片石头的中间。两片石头相向的面，凿有"磨牙"，磨牙随着上片磨石的不停转动而"嚼动"，在机械、单调，既让人振奋不已、又让人昏昏欲睡的"嗡——"声之中，谷物粉身碎骨，变成人们想要的粉或糁。

养有毛驴的人家用毛驴拉磨。毛驴拉磨，不知是怕它"偷嘴"吃磨上的谷物，还是怕它转晕，反正总得用一罩子把它的眼睛蒙上。毛驴迈动脚步，"嗡——"声骤起；在乏味的"嗡——"声之中，毛驴的步伐渐渐疲软下来。俗语说，远路没轻担。毛驴沿着圆的磨盘不停地走，单调，乏味，必定有走累了，走得烦了的时候，于是脚步会不自觉地慢下来，甚至停下来。这时，只听得好一声的"驾——"毛驴在"驾"声中抖擞精神，重新"上路"，于是，"嗡——"声又响。

总是妒忌养有毛驴的人家，我们家只好人工推磨。母亲在上片的磨石上套上木棍，用腹部抵住使着力向前推。只要我在场，我就会在母亲另一面的磨石小孔上也套上木棍，用胸部抵着向前推。我还小，个子不高，只能胸部够着推。想想看，这样响在童年的"嗡——"声，怎能让我忘怀！

后来通电了，有机器加工谷物了，这"嗡——"声才从我们的耳边慢慢消逝。

不过，人们慢慢地发现，机器加工出来的东西，好像总是没有人工加工出来的那种味道。麻油，还是小磨的香；豆腐，亦是石磨的好；谷物，自然也是推出来的对胃口。味蕾是不会欺骗我们的。

于是，萦绕在我童年的"嗡——"声，不时地在我的记忆中隐隐响起，温暖而绵长……

躺在故乡的夏日

作者：徐光惠

　　小时候，我生活在重庆大足濑溪河畔的一个小山村。一年四季中，尤其喜欢夏天，迷恋夏日时光里那些酸甜、快乐的味道。

　　父亲在老屋旁边栽了一棵樱桃树，每年初夏，当树上挂满红樱桃时，我们便知道夏天来了。在雨后阳光的照射下，一颗颗红樱桃发出诱人的光泽，圆润饱满，晶莹剔透。年幼的我们总是等不急熟透，就爬上树摘樱桃，迫不及待地吃下肚去，酸中带甜，那是夏天最初的味道。

　　田埂上种了许多桑葚，桑葚成熟时，就成了孩子们经常光顾的对象。哥哥用手拨开密实的绿叶，找寻那些藏起来的桑葚。我眼巴巴望着，黑黑的、红红的果子让我直咽口水。一口咬下去，汁液在口中蹦跳，留下酸酸甜甜的味道，染红了小手、牙齿和嘴角，活像两只小花猫。我和哥哥看着对方的样子，忍不住哈哈大笑。

　　山坡上，生产队栽着李树、杏树、梨树。夏天果子成熟时，弥漫着醉人的果香，诱惑着我们肚子里的"馋虫"。小伙伴们巧妙地躲过守林人的眼睛，绕到山坡僻静处，男孩子哧溜几下爬上树摘果子，女孩子站岗放哨。大家开心地吃着、笑着，甜甜的滋味一直甜到梦里头。

西瓜和冰棍是小孩子最喜欢的东西了。那时西瓜不用催熟剂，自然成熟，红红的沙瓤镶着黑色的西瓜籽，味道非常甜。大人们把西瓜浸在井水里，只需一个午觉的工夫就变得冰冰凉凉的了。午睡还未清醒，小孩们就流着口水去看冰在水里的大西瓜，瞪圆了眼看着大人切开。迷迷糊糊咬下一口，顿时神清气爽，清凉的感觉从空气蔓延到心间，瓦解了夏天所有的烦恼与燥热。

"冰棍！卖冰棍啰！"每当卖冰棍的推车出现在村口，长长的吆喝声响起时，只眨眼工夫，卖冰棍的就已被孩子们团团围住。一人拿根冰棍放进嘴里慢慢舔吮，冰凉又舒爽。吃完后，木棍儿舍不得扔，还要使劲儿吮吸半天，直到最后一丝甜味被吸尽。

黄昏夕阳西沉，晚霞映红天边。村子里炊烟袅袅，鸡鸭回家，倦鸟归巢。院子里的茉莉、胭脂花开得正好，香气四溢。家家户户的灯次第亮起来，整个村庄掩映在昏黄的光晕中，宁静而祥和。

夏夜月色皎洁，星光闪烁。稻田里蛙鸣声声，"呱呱、呱呱"，一声高过一声。树丛里、河道边，萤火虫的光星星点点亮起，它们仿佛提着一盏盏小灯笼，在夜空中翩翩飞舞，美妙绚丽，宛若童话一般。捉一两只放在瓶子里，挂在床头的蚊帐上，看它忽闪忽闪的，感觉神奇又好玩。玩累了，才歪着头沉沉地进入梦乡。

故乡的夏天热情洋溢，充满情趣与希望，处处弥漫着新鲜菜蔬的清香，瓜果麦豆的甜香，泥土、青草、夏花的芳香，味道香醇而甜蜜，自然天成，像一杯浓浓的美酒，令人陶醉。那是故乡的味道，快乐的味道，镶嵌在记忆里永远无法忘却。时光荏苒，转眼已人到中年，我时常怀念小时候夏天的味道。或许，就在这个仲夏夜，我会梦回故乡的夏天，躺在山野阡陌间，看蜻蜓翻飞，嗅瓜果飘香，听蟋蟀歌唱，沉醉在那久违而又亲切的香气里。于是，我的整个身心与灵魂都变得澄澈而安宁。

花宜插鬓红

儿时，我在浙江山城读小学。有一段时间，每天放学，一位家住山脚的同学都来约我们一道上山去采野山茶。

当我在山间看见一丛丛正盛开着火红火红花朵的山茶树时，是那样惊喜，那种耀眼的娇艳，让我感到别的花朵与它一比，都会相形见绌。我们整枝整枝地把花采回家，插在瓷瓶里，整个房间因为有了红山茶而显得格外亮丽。第二年春天，茂盛的野茶树又会如期开出许多花来，仿佛是一个久远的约会，总是在寂寂的山间等待着我们的到来。

后来，我看《徐霞客游记》，见其中有一段描写茶花的句子，写得很好："后院有茶花，为南中之冠。由其右转过一厅，左有巨楼，楼前茶树，盘荫数亩，高与楼齐。其本径尺者三四株丛起，四旁葳蕤下覆甚齐，不能中窥，其花尚未全殊，止数十朵，高缀丛叶中，虽大而不能近觑。且花少叶盛，未见灿烂之妙，若待月终，便成火树霞林，惜此间地寒，花较迟也。"

外婆家的村口也有一株高大的野生茶花树，但我对它没有什么印象，因为很少见它开花。可有一年家住外省的大伯突然来到外婆家，到了之后就爬到高大的茶树上剪了整整两麻袋的茶树枝，说是拿回去扦插的。他告诉我，现在人可喜欢种茶花了。那时，我才知道原来茶花是可以卖钱的。

茶花又名山茶花，是山茶科、山茶属多种植物和园艺品种的通称。花瓣为碗形，分单瓣和重瓣，单瓣茶花多为原始花种，重瓣茶花的花瓣可多达 60 片。茶花有不同程度的红、紫、白、黄各色花种，甚至还有彩色斑纹茶花。花枝最高可以达到 4 米。花期较长，从十月到翌年五月都开放，盛花期通常在一月至三月。因其植株形姿优美，叶厚实浓绿，有光泽，花朵艳丽缤纷，所以茶花一直是极佳的观赏植物。

我去过不少茶花文化园或物种园，看到各种茶花千姿百态、争奇斗艳。资料记载，世界上登记注册的茶花品种已超过两万个，我国的山茶花品种有 883 个。茶花原产于我国东部，在朝鲜、日本和印度等国也普遍种植。茶花惧风喜阳，喜欢地势高爽、空气流通、温暖湿润、排水良好、疏松肥沃的沙质土壤、黄土或腐殖土。

温庭筠《海榴》诗曰："海榴开似火，先解报春风。叶乱栽笺绿，花宜插鬓红。"说明在唐代，妇女已把茶花簪插于鬓发上作为饰物了。记得小时候，爱簪花的外婆每天清晨为我梳好头，总会把各种美丽的鲜花往我头上插。但是否也为我插过茶花，我已记不得了。

我在金华上大学时，有一回一位朋友从北京来看我。当时，正值婺州公园茶花盛开的季节，各种茶花艳丽妩媚、芳姿绰约。我一路走，一路给他介绍金华的茶花。朋友是个有心人，回北京后就给我寄来一本有关茶花的书，还有几套茶花的明信片和首日封。他说："凭感觉你很喜欢茶花，于是我找遍了京城的书店，为你买这些有关茶花的资料，算我对你的谢意。"

我的父母也很喜欢茶花。他们在门前的花坛里种了许多茶花，大多是新培育出来的珍贵品种。一年四季精心栽培，花开时节缤纷热闹。可是有一年，花开得正闹时，一个风雨夜，茶花被人连根挖走了两棵。父亲很心痛，立即报了案。也许那花卖出了好价钱，第二天夜里，偷花贼一口气偷走了所有的茶花，只剩下两棵弱小的。父亲很生气，也很惋惜。

想来别人大概不知道，茶花对于热爱它的人来说意味着什么。书载唐代卢肇在进士及第之前，家境贫寒，但极爱茶花。一日偶出，新植红茶花竟然被人移去，于是"以诗索之"。其诗写道："最恨柴门一树花，便随香远逐香车。花如解语犹应道，欺我郎君不在家。"诗中把茶花写成女性，诗人以茶花的口吻称自己是"郎君"，表达了失去茶花的痛惜之情，怨恨自己"不在家"，这是何等真挚的爱花之情。

传说中，还有唐代诗人张籍将爱妾与人换茶花的故事。看来从古到今，爱茶花是大有人在啊！

所幸家中剩下的那两棵弱小的茶花，这几天也开始开花了，而且还非常漂亮呢！

蜡烛

作者：罗鸿

　　幼时在乡下，停电的时候，我特别希望能点上一支红蜡烛，看火光摇曳中，蜡烛变得通透而明媚。它安静地燃烧着，缓缓流下烛泪。它照亮了四周的墙壁，也照亮了小孩子的笑脸，黑夜不再让人恐惧。屋外即使风雨交加，黑黢黢一片，屋里也会因为这小小的蜡烛而变得安宁。

　　红蜡烛很稀少，大多数时候只能用白蜡烛。如果说红蜡烛像垂泪的新娘，那么白蜡烛更像白衣飘飘的仙女。那一小团一小团洁白的烛泪，多像她凌空飞起时驾起的祥云啊。我从小就喜欢蜡烛，但我从来没喜欢过同样能带来光明的煤油灯。煤油灯乌黑油亮，带着刺鼻的煤油气味，与纤细清爽的蜡烛相比，它们简直就是难登大雅之堂的俗物。

　　我不怕烫，我把刚刚溢出来的烛泪捏在手里揉搓，在冷却之前要把它们搓成小碗小碟子形状，再把桌子上那些已经凝固的蜡烛小颗粒装进去，然后托在手心，煞有介事地告诉爸妈："请吃汤圆。"有时候，我还把这些烛泪搓成小动物形状。我说它是老鼠，顺便还"吱吱"叫了两声来配音。我妹妹却抢白说："老鼠有细长的尾巴，这个笨头笨脑的东西更像一头猪。"——这叫什么话，仿佛猪没有尾巴。

父母向来不会评价这种无厘头争执，停电的夜里，他们会变得非常宽容而和善，他们并不像别的父母那样阻止小孩子玩蜡烛。

在我们老家，有一个骗小孩的说法：小孩子玩火会尿床。很多年以后，我才恍然明白了这个谎言的意义，他们是怕小孩玩火引起火灾。我父母没有这样的担忧，停电点蜡烛的时候，他们仿佛也找到了不用做事的理由，谅我们在他们眼皮底下，也玩不出那么大的动静，他们睁一只眼闭一只眼任由我们开心呢。

上中学后，班里有一个叫小强的同学特别淘气。他常常去他爸所在的造纸厂里，拿出大块大块的石蜡到学校玩。他用刀子把石蜡切成小段，或者直接在上面刻各种各样的花纹。我问他要了一大块，想把它弄来玩出点什么花样。

没等我想出什么名堂，父亲已经替我作出决定了，他说："好大一块石蜡，把它做成蜡烛吧，停电的时候就用得上了。"我立刻被这个建议打动了，两眼放光地问："怎么做？现在就开始？"父亲说："你想想，要准备什么，总得先把它熔化掉，还要有个细长的模具吧？"我找来一个破旧的搪瓷碗，把石蜡切成小块装进去，放在蜂窝煤炉子上烤热熔化。

父亲在屋后找来一根细长的竹竿，把它从竹节下面砍成一段一段的竹筒。他又找来手工线，把线的一头固定在竹筒的内部最底处。父亲让我一只手捏着线的另一头，一只手托着竹筒。他小心翼翼地端起搪瓷碗，把晶莹剔透的蜡液倒进竹筒里。

热气传递出来，竹筒也变得烫手。为了让它快速冷却和凝固，我把竹筒放到水盆里凉着。我们如法炮制，把搪瓷碗里的蜡液全部倒进一根根竹筒里。等到全部凝固后，父亲把竹筒剖开，一根根雪白的蜡烛就做成了！我多么盼望停电啊！

我把蜡烛带到学校去，小强瞪大了眼睛，其他同学更是惊讶不已。我们的蜡烛比商店里卖的蜡烛要细长得多，绝对是经久耐用的好蜡烛！终于，晚自习的时候，停电了，同学们爆发出响亮的掌声，甚至为之欢呼雀跃，长蜡烛终于派上用场了！

很多年过去了，我依然记得那段日子里，同学们对停电的期待……

赶年集

作者：王福利

冬日的晨光，照在父亲神采飞扬的脸上，父亲将手中的鞭子甩得"啪啪"响，"嘚嘚"的驴蹄声，在冰土未融的土路上轻快流淌。一群群麻雀在河堤两侧的杂树枯枝间欢鸣蹦跃，又时而被驴车上婶子、大娘爽朗的笑语惊飞而走。

越近集口，人车愈多。高音喇叭里充满喜庆的流行歌曲，断断续续地从人头攒动的集市中传出。刚来的人们，眼中闪着兴奋的亮光；买完年货往回走的，脸上透出幸福的满足。人来车往，马嘶铃响，汇成了一条欢乐的河流。在"河流"的源头——集口的高宅子上，一位老大爷手臂上、手里分别挂着两大串存车牌，另一只手里攥着一沓毛票，在一排排自行车间穿梭，将一半车牌挂在自行车上，另一半车牌交给存车人。随即，又转身接过取车人的车牌，取下自行车上的车牌查验、收钱。在老大爷井然有序的忙碌里，成百上千辆自行车组成的庞大方队不断变换着形状。

父亲在集口处找块空地，卸了车，将驴拴在车辕上，大人、孩子们便分头去买东西。最挤的地方是鱼、肉市场，苦挨省俭了一年的庄稼人，哪怕日子再紧巴，也要称上一两斤、十几斤猪肉、牛肉，或者买上一两条大鲤鱼，改善一下生活，心情舒畅了，花钱也就大方起来。买肉者顾不得油腻沾上了新衣，将案板挤得几近歪倒，抢着将钱伸到卖肉者的面前。"给我来二斤五花！""给我来五斤肥的！""来十斤排骨！"卖肉的胖师傅脸上泛着黑红油光，抱起整扇的猪肉，"啪"地摔在案板上，一把割肉刀磨得飞快，"唰唰"声不绝，一块块有红夹白、有肥带瘦的猪肉"嗖嗖"地飞到秤盘里。"三斤二两！大过年的，凑四斤吧！"卖肉师傅边说边拨动着秤砣，一侧身"噌"地在半扇猪肉上割下一条扔进秤盘，秤杆便"噔"地撞在秤框上，尽显卖肉者的慷慨豪爽。

对于母亲来说，赶年集最重要的事就是先给孩子买过年的新衣服，买鱼买肉则属于父亲的责任。母亲紧紧拉着我和姐姐，生怕在摩肩擦背的人群中挤丢了。好不容易挤到了服装市场，厚厚的棉衣里已是热气腾腾。卖衣服的摊主不失时机地热情搭讪："给孩子买衣服吗？这种样式卖得最好了，来试试吧！"本来就已经看花了眼的母亲，在摊主们的"忽悠"下，更加没了主见，在一溜儿服装摊前转了两圈，试了一身又一身；小孩子的心思早已不在这里，被越来越响的鞭炮声撩拨得心痒难耐，只是盼着快快买完衣服。摊主摸准了大人疼孩子的心理，等到母亲终于看上了一件衣服、开始砍价的时候，说什么就是不降价，只有最后母亲假装不想买的时候，才勉强落了几块钱。会做买卖的小商贩，在满面笑容里不忘跟上一句："大过年的，您还在乎多花这几块钱呀？哄着孩子高兴就得了！"母亲也就不再继续往下砍价，买卖双方皆大欢喜。买完了衣服，已将近晌午。

鞭市在远离集市几百米的麦场里，只有等大人们把该买的东西买得差不多了，小孩子们才终于被领着去买鞭炮、烟花。远远望去，鞭市周围电光闪烁、烟雾腾腾，寒风中飘散着火药燃烧的温暖。卖鞭人在买鞭人的怂恿下，也是为了打响"行市"，隔三岔五地试放几挂鞭炮。卖烟花的则吝啬一些，只有被看热闹的人们呛嚷得差不多了，才不情愿地放一两个小花。小孩子们手中攥着裤兜中可怜的几块钱，从人缝中看着地摊上花花绿绿的"七彩珠""大地开花""故事篓子"，看着摊主们试放鞭炮、烟花，过足了眼瘾。一个摊儿一个摊儿地看够了，等到人少了，才敢问问价格。舍不得买好的，就买上几十个价格便宜的"窜天猴"，装了鼓鼓的两裤兜。

午后的阳光，漫洒在赶集人回家的路上，悠长时光在"嗒嗒"的驴蹄声里流转变幻。多少年之后，悠远绵长的驴蹄声，被风驰电掣的汽车声代替。村里的年集依然热闹，而赶集的人们则少了许多曾经的兴奋——日子富裕了，物质丰富了，平常的每一天都像是在过年，平常每一个赶集的日子都像是在赶年集。

院前黄瓜

作者：王福利

夏日的菜园，是一个村庄必不可少的绿色陪衬，丰富着村里家家户户的饭桌。菜园里有丝瓜，有豆角，最不可缺少的，便是可以随手摘下当成水果吃，也可以凉拌、炒熟当菜吃的黄瓜。

麦熟时节，一家人中午下地回来。父亲卸车的工夫，母亲已在园子里摘了几根黄瓜捧在手里。进了屋，我拿着洗好的黄瓜咔哧咔哧嚼着。母亲把三两根黄瓜在板上啪啪拍上几刀，等父亲坐在桌前，一盘加了蒜、醋的凉拌黄瓜已端了上来。

锅里煮着面条，母亲打着西红柿卤，我切着黄瓜丝，再在小锅里炝上一碗花椒酱油。不过十来分钟，午饭就准备好了。庄稼人争秋夺麦，有了西红柿、黄瓜这样做起来不费事的农家常见菜，节省了不少时间。不但省钱，吃起来也顺口。

这样的口味，直到离开小村多年，还是不曾改变——吃面条时，别的菜都可以没有，但唯独不能没有黄瓜。

那年，去外地上中专，因为路途较远，只能半年或一年回家一次。

农村来的同学们大多经济条件不太好，都很少去外面吃饭，每天就吃大食堂里几角钱的大锅菜。有回我过生日，实在是太想家了，太想家里的饭了，狠了狠心，中午放学后，叫上一个要好的同学，决定去外面吃。顺着学校门前的长街一路走一路找，攥着口袋里汗津津的 10 元钱，从没去过饭店也不知道哪个店便宜，只能从门脸的简陋程度来判断。

最后找了一家黑咕隆咚的小店进去，问服务员有没有西红柿打卤拌黄瓜的面条，得到的答复是只有肉丝面。我试着和人家商量："能不能在肉丝面里给加些黄瓜丝？"没想到服务员很痛快地答应了。

一大碗热气腾腾的面条端上来，油亮亮的肉丝，愈加衬显着上面一层绿生生黄瓜丝的清爽，离老远就闻到了久违的清香。那一刻，仿佛是坐在老家小院里，院前菜园里的一根根嫩绿黄瓜在眼前轻摇，耳边回荡着外屋里传来的拍黄瓜、切黄瓜丝的交响。

对面同学迫不及待地咕噜咕噜大口吞吃面条的声音，才让我回到了此时的异乡。没出来上学时从未感觉到，也从没想到过，原来黄瓜还可以做得这么好吃。也是在此之后，再没吃过做得这么好吃的一碗 3 块钱的面条。

在城里刚上班时，每星期坐班车回老家，在菜园竞绿的时节，母亲总要摘满大兜小兜的瓜瓜菜菜给我捎着。我提着嫌累，每次总和母亲"讨价还价"一番，不想捎那么多。但最后捎得最多的菜，还是黄瓜。母亲的理由是，我上班时间紧，没时间也不会做太复杂的菜，黄瓜做起来最省事；而且怕我舍不得买水果吃，黄瓜平常就当水果吃了。

单纯而思维闭塞的母亲，还竟然单独挑了一兜特别嫩、外形顺溜的黄瓜，让我给单位领导送去，她不无担忧地对我说："好不容易找到一份好工作，千万和领导搞好关系，别让人家给裁下来。"我对母亲的可笑想法当即加以纠正，母亲却还是将信将疑，依然非让我给领导带上。

这几年，再开着车回老家，母亲已不再强逼着我捎上满满的一大兜黄瓜，她依着我自己摘多少就捎多少。是因为她觉得我的工作稳定了，用不着给领导送礼了；也觉得我的生活条件不似原先那么艰难了，用不着天天吃黄瓜舍不得买菜了，况且黄瓜在市里的价格那么便宜，什么时候想吃什么时候就买新鲜的吃。

无论什么时候回老家，远远地看见那架黄瓜秧，就感到心里无比踏实；每次看到大大小小的黄瓜在家门前招晃，眼前总会浮现出小院里一幕幕依然清晰的幸福场景。

那些必须独自承担的时刻

作者：张莹

北方六月，阳光充足。偶尔树叶轻摇，有一丝风透来，每一个人便都喜笑颜开。午后的世界，静谧着，人们躲在一隅，小憩。就连调皮的猫儿、狗儿，也卧在阴凉下，甜甜地眯着眼。

而我在这安静的世界里，内心波涛轰鸣。

缩在床角，睁大眼睛，盯着天花板的一角，任泪水哗哗地流。

那一张写满名字的 A4 纸，那一张写满各种分数的 A4 纸，那一张写满高校的 A4 纸，就是那么吝啬，吝啬到难以容下我的名字，而我的名字不过两个字，十七画而已啊！

三年的努力，终于在这个下午，化为行行泪水，流过我的脸颊。

将胳膊搭在窗台的红砖上，红砖的温暖浸润到肌肤里，不声不响温着我冰凉的皮肤。抬头望窗外，墨绿的树，像一块风干的千年海苔；淡蓝的天，有着丝丝的灰，毫无生气地凝滞着；而太阳，只是洒下了一片一片的热，却不知道它在哪个角落悬挂着。

是的，我落榜了。

在所有人都看好的时候，在我自己拼命努力后，落榜了。

这个下午，没有任何一个人知道，有一个姑娘，坐在窗前，任泪水横流，任思绪空白。失落和绝望，如猛兽般侵蚀着我的每一个细胞。

一个下午，不过几个小时，却好似十几年。夕阳染红了小院，妈妈轻轻敲门，丫头，我给你做手擀面吧？那声音，柔和，有力，穿透硬硬的空气，传到我的耳鼓。眼泪，又落下来。所有的经脉，都失了元气。

一天，两天……当太阳一次次升起又落下，我到底还是起来，睁开眼，去选择。是的，不甘心，舍不得。吃下妈妈的手擀面，擦干眼角的泪水，藏起一颗卑微的心，重整一切，低头前行。我以为，我过不去了，痛苦的挣扎后，发现没有谁可以代替这一切，最终还是一个人来承担。

慢慢长大，慢慢经历一些事情，想起那个六月的下午，不由得一笑。原以为过不去的千山万水，到最后，也只有一个人独自承受。当然，也终会过去，成为光阴里独有的珍藏。

这样的承受，可以是悔恨，可以是荣光，也可以是不堪……无论哪一种，总会让一个人成长。

小A，毕业奔波，经历各种考核，终得一心仪工作，满心欢喜准备扬帆起航、努力大干一场的时候，老母亲忽然急症住进医院。身为独女的她，奔波在医院和公司之间，尽心，努力，不言苦。当母亲康健，她以为，她可以全身心投入工作、投入到生活中，为自己，为父母，争取一个美好的未来。

而耳边，渐渐有风声传来。即便她不愿意相信，事实也摆在那里，岿然不动：因为工作的偶尔失误，她被辞退了，一切，都没了当初的模样。小A抱紧了自己的双肩，深深低下了头。天塌地陷啊！

相恋七年的男友，默默陪在她身边，给她买吃买喝，给她写求职简历，给她讲道理作分析……她亦是闭了眼，一语不发，一动不动。

躺在宿舍的小床上，静止了般。不过二三日，人暴瘦几斤。

她知道，年迈的父母禁不住自己的颓废，未来的生活总还得继续，这样的颓靡，总得熬过去。哪怕，悲伤成河。

小Ａ站了起来，逼自己吃饭，逼自己走出去，哪怕踉踉跄跄，哪怕应聘一次次失败，面试一次次被淘汰，擦干眼泪，在落败里一次次站起来。

所有的空闲，用来回忆，也用来储备。看着书本，看着资料，眼前都是曾经的美好，眼前都是当下的残酷，眼前都是不知的未来。

云翻涌成夏，风吹亮雪花。她以为自己就此罢了，一个个难堪的时刻，一个个无法承担的无助，到底要怎样？

其实是磨炼啊！在泪水、泥泞里，一点点向前爬。

将近一年，小Ａ终于独自承担起了要承担的一切，笑对生活，脱胎换骨般。越是艰难处，越是修心时。活着，就会遇到很多的坎坷波折，惊涛骇浪。这种时刻，才能唤出人骨子里的东西，仿佛是老树干里的绿，隐忍，却饱含生机。

这是一个人，最好的心性修养。

人，只有在事上磨炼，方能立得住。

人，只有在乱中静默，方能定得住。

艰难困苦，很多时刻，只有一个人，也必须只有一个人来承担，这样的磨砺，历久弥珍，醇厚浓香。

人生，很长。有些事，有些人，放不下，也忘不了，那就默默承受吧，这是一种修行。而这样的修行，是一辈子的事，急不得，慢慢来。

而所有的独自承担，总会在某个时刻，散发芬芳。

75

秋暝山居

作者：萧陌

秋天，适合住在四合院里，有一株苍老的石榴，最好还有一树年轻的玉兰花，在阳光里结满了花苞。

科哥有四合院，也有石榴树和老枣树。玉兰树后面是粉刷一新的白墙，还栽了一丛蓬勃的竹子。若是日子再下去十年，估计就能在风雨的夜晚听到龙吟细细了。

院子被锁了数十年，也寂寞了数十年。若是光阴倒退一个世纪，那些青色的瓦，木格子的窗，一定都是簇新的，挑开帘子出来的女子也一定是娇嫩嫩的新嫁娘。只是那时候我们无缘与这个刚刚从村庄里生长出的院子见面。

不久前，科哥约我们，说院子修葺好了，可以喝茶，也能吃饭。不善言辞的他画得一幅好水墨，写得几笔雅致俊逸的小楷。最妙的是，他是个地主。他口中的院子，背靠大山，面朝清泉，身侧还有几处颇有故事的寺庙。我多次羡慕嫉妒地想，那山有了水，就是可以养心的好去处。

当我们去的时候，小院子已经整洁得可以娶亲了。一群人迫不及待地，打秋风一般呼啸而来，把隐藏在层叠群山中的三山峪从传说里给拉到眼前，细细地去打量，慢慢地去熟悉。

山有水便有灵气，有寺庙便有禅境。但我更喜欢传说中的古战场也在此，这样才有了血性，有了延续至今的铮铮男儿的豪迈。

顺着山路走不远，便是老王坟。据说，当年在春耕时曾经挖出很多瓷器，还有一把锋利的能映出日月沧桑的剑，却不曾找到那个征战沙场的魂魄，他的坟就成了一个神秘的传说。而这里的小气候却也真神奇，幽深林木中，两条深沟若青龙环抱一圆形土丘，走在林中，只觉得神清气爽，浑身通泰。

高居山腰的石峪寺山门古朴，院子里却修建了崭新的经堂，幸好大殿还是原样。走过数十丈，有一龙王庙。传说大旱之年，村民求雨，龙王爷就会护佑此地，甘霖洒落在三山峪方圆几里之中。出了山，艳阳高照。进了山，行云布雨。这龙王庙仅仅一人高，龙王爷也朴拙但是不乏威严，端坐在斑驳的供桌上。面前也有少许供品，三支清香。

蒲团上已经是被人跪拜出了几个洞，陈旧不堪。想来，新社会人工降雨会替代龙王爷操劳了，所以人们也就疲懒了，龙王爷也是不会怪罪的。漫长的日子里能被人惦念，总是好的。

半山腰有一尊石像，其实就是一硕大的青石。科哥说，小时候村子里的娃儿们生病了，家里人就会带着娃儿们来摸摸大石像爷，上几炷香，回去就会百病全消。

科哥沿途一直跟村子里的老人们打着招呼，我们不由得笑，多寡言的人啊，回到出生地都会变成话痨，因为那些话儿都在嘴边，一直等机会说给那些熟稔的房子那些苏醒的回忆听。

科哥的父母都是慈祥的老人家，叔叔做得一手好菜，阿姨捏出的十八个褶的菊花顶大包子比铺子里的还有卖相，味道更是好得很。八仙桌，长板凳，坐在上面都有种我们变小了的感觉。团团围了坐，母亲做出的饭，父亲温好的酒，都把岁月浸润成了踏实的模样。这才是家，是生长了记忆，也生长了乡情的家。

吃完饭，站在院子里，仰起头就能看见一方碧蓝的天镶嵌在青黑色的瓦上，木格子窗上被炊烟熏黑了映着雪白的墙，影壁墙前的大石头槽子里，生着一丛一丛的铜钱草，翠绿得逼人的眼。我说，这些比我楼上盆子里那些生得好。科哥说，这里有风，有阳光，有泥土，花儿都生得旺相。

其实，人到中年了，有时候啊还不如花草明白，自由的日子更能养出蓬勃的心。突然心下暗自窃喜，有个"地主"做朋友，能从城市里逃离片刻，借这样一方院子，偷几分闲情，来恣意一番，真好！

第四章 —— 青春有张不老的脸

时光荏苒，一晃二三十年过去了，那样贫苦的年代一去不复返了。但艰苦生活的经历与磨炼，让我更加懂得父母的付出与不易，让我更加珍惜现在的美好生活。

伢伢书摊

作者：蔡璧申

在 20 世纪五六十年代，我忘不了的是我家巷子那边，摆设的"伢伢书摊"。书摊在一个用木板搭建的小平房内，大约只有 8 平方米，算是我们那里条件好的书摊了。书摊老板，我还依稀记得他的模样，长袍马褂，瘦瘦的。他有点文化，可能是一个失意文人。他很和善，因为书摊的读者大多是小孩。他讲话声音很轻，有时还把书的内容讲给看不懂的孩子听，他倒像个老师，我很钦佩他的知识。

后来，他的书摊扩大到出租、出售旧书（我们叫"字书"）。我也常常去买些廉价的书，如今我家里还珍藏着那时在他那里买的书呢。因为这些，他的生意比别的摊主好，他的书摊还养活一家人。

小屋子里摆了很多长椅子，还有个账桌。他坐在那里，一边照看摊子，一边整理"伢伢书"：新到的书，将封面编上号，撕下贴在一张大纸板上，相当于一个目录。然后，用牛皮纸将书装订好，工工整整地写上书名和编号后，放上书架；将旧书和破损的书取下来，又重新装订。

我们常常盯着老板装订，看有什么新书来了，好先睹为快。书摊经常满座，有时伢们就坐在地上。小时候我们在家淘气，家长就会拿出几分钱，打发我们："去去，去租书看。"

"伢伢书"就是"小人书""连环画""娃娃书"。在我童年时代，"伢伢书"是很普及的通读物，没有文化的可以看懂。说是给儿童看的"伢伢书"，其实成年人也看，拉人力车的、打短工的在没有生意的时候，为了消磨时间，找个地方坐坐，也租几本书。当然，儿童还是主要的读者。这也是那个时代的一个文化缩影。

租书其实不贵，大约售价二角一本的书，租金只要一分钱，厚一点的两分钱一本。如果我们几个伢合租，就可以多看几本。老板知道了，只要不是一本书几个人传阅，也就算了。租回家去看，一天的租金翻一番，大人们喜欢租回家看。因为我小时候喜欢看故事、讲故事，内容都是"伢伢书"上的。而且我喜欢临摹"伢伢书"里面的人物，因此也常租书回家。可以这么说，"伢伢书"是我的启蒙老师。

后来，我长大了，工作了，常常出差。他便托我在外地，只要是当地新出版的"伢伢书"，就给他带回去。这也是他的书摊读者最多的一个原因，所以他非常高兴。由于文化的多元和社会的进步，伢伢书摊渐渐地淡出了现代人的生活。

同桌情

作者：秦娇娇

高中时，我有一个朝夕相处了三年的同桌。

初见她时，是入学报到的第一天。夏末秋初的阳光明亮地洒下来，教学楼旁的小路浓荫匝地，两侧的白杨在晨风中窸窣作响。

报到完毕，我怀着轻松的心情在小路上悠悠地走着。一个长相俊俏的女孩迎面走来，穿一件黑白两色的衫子，亭亭有如水边的修竹。我们俩彼此朝对方一笑，后来，便做了同桌。

彼时，正是奋笔疾书又天马行空的年岁。我们俩都喜好诗词曲赋，每当清晨，琅琅的读书声响起，我们俩便先对几句诗词。

我出一句"露从今夜白"，她便对道"月是故乡明"；她出一句"柳色黄金嫩"，我便对道"梨花白雪香"。

现在回想起来，竟不知道，彼时的我们，哪里来的那么多的文绉绉？

每逢周五，便可以一起去校图书馆借书。借完书，也不必再回到教室，两个浓浓书卷气的女孩，捧着书，穿过长长的紫丁香花海，盘腿坐在灌木丛边上的长凳看书，一看就是一下午。那些阅读时光，是青春里最值得回味的一页。

那时，我住校，同桌走读。高二那年，寒冬来得凛冽，昨天还是晴天，今天就飘起了大片的雪花。其他的住校生冷得瑟瑟发抖，而我已经穿上了同桌带给我的厚外套。清新的紫色棉服，散发着好闻的肥皂水的味道，十分温暖。

嗯，那是友情的味道，那就是友情的温度。

那个周末，我就住在同桌家里。窗外大雪茫茫，暮色四合。我俩窝在她家的厨房，一起笨手笨脚地煮面吃。等每人都端到了热乎乎的面条，同时想起一首诗："绿蚁新醅酒，红泥小火炉。晚来天欲雪，能饮一杯无？"

两个人一起读了出来，相视大笑。

那样的时光，再也回不去了。

高中三年，很多同学都换了同桌，我俩则整整同桌了三年。只可惜，高考时我俩双双失利，都去了梦想清单以外的大学。

从那之后，我再也不会有一个三年的同桌了。大学毕业之后，她留在了省城，我去了北京。高中毕业 12 年后的一天，她来我的城市看我。

此时，我们俩都已组建自己的家庭。昔日的琴棋书画诗酒花，早已变成柴米油盐酱醋茶。

短暂的相聚，倏忽而过。我送她到车站，看她消失在茫茫人海里，平生第一次体会到了"孤帆远影碧空尽，唯见长江天际流"的落寞。

那一刻，我如同被击中了一般，呆立在原地。

我似乎又听到了清脆的晨读声——露从今夜白，月是故乡明。

在时间的缝隙里，流淌着淡淡的墨香。咦？！我的青春远了，远了！

第四章　青春有张不老的脸

我的第一个教师节

作者：刘光敏

我任教的第一个学校是江津蔡家镇的一个村小，那还是在 20 年前。

蔡家镇毗邻四面山、柏林镇、綦江区，属大娄山余脉。村小距离蔡家镇 10 公里，不通公路，在一个山坡顶上，由一座寺庙改建。改建成学校前，寺庙名叫"回龙"，属大龙村，所以村小得名"大龙小学"。

还是回龙庙时，那里就种了几十棵香樟树。棵棵香樟长得干壮叶茂，掩映着房子。远远望去，学校云蒸霞蔚，隐隐约约有一股文气。

那时，从蔡家镇去大龙小学，最近的路是走蔡家镇街尾的大路。说是大路，实是山路，还必须过一条河——笋溪河，而笋溪河上没有桥。

学校一共有 6 个班 6 名教师，实行包班制，一人教完一个班的所有课程。主任老师（村小校长）让我接手三年级那个班，原来任教那个班的张老师调走了。

交通不便的学校条件自然有限，没有乒乓球台、篮球，没有旗杆……这些我都想到了，我没有想到的是，那里干旱缺水。

学校的水源是半山坡的堰沟。开学后，堰沟的水一天比一天少。在教师节的头两天，电站关闸了，堰沟彻底没水了。

坚持了两天，看着师生们一个个口渴得厉害，主任老师决定在教师节这天放半天假。学生们回到家里有水喝，住在学校的老师，可利用半天的时间到山下的大水井挑一点水存起来。

虽是农村娃出身，可我体力并不好，到山下大水井挑水，来回有一公里多路程，下山空桶轻松，回来桶装满水上山就不易了。可这难题必须解决！待学生们回家后，我吃了午饭，备好了第二天的课，就去拿水桶准备出门挑水。

"咚咚——"我开门一看，是学生刘林。

"老师，教师节快乐！学校没水了，我来给您挑水。"

看着个子已长得比我高、敦敦实实的刘林，我说："老师怎么能让你挑水呢？你哪儿挑得动水哟！"

"老师，在家里都是我挑水呢。婆说了，我把您的水挑了之后，再回家挑家里的水。如果不是您收我，我还没书读呢。"语音急切，生怕我不同意他挑水。

这个刘林，本不该是我班上的学生。按正常入学，他该读六年级了。在他四年级的时候，他的妈妈外出打工之后就再没回来。他让爸爸出去找，而他自己坚持在家里等妈妈回来，不再愿意到学校读书。

这学期，他却主动到学校要求读书，因为有人跟他说要多读书，以后就可以自己去找妈妈。可是，他在家待了一年，原班跟不上了，老师不想收；再读一个四年级，四年级的老师怕他调皮，也不太愿意收。主任老师把他安排在我班上读三年级。我想着每一个孩子都应该有书读，就把他收下了。

真是个懂得感恩的孩子！其实，我并没为他做什么，接受教育原本就是他的权利。

"老师，您不相信我，那您就和我一路去，您看我挑得起水不？要不，您挑一段，我挑一段，我挑时您可歇一下气。"刘林澄澈的眼睛透亮得像山泉水，没有一丁点儿杂质。

　　那个年代的农村娃都是要学做农活儿的，肩挑背磨，力气早练出来了。

　　"好，老师相信你挑得动水，但不能让你一个人去挑。老师和你一路，主要是老师挑，老师挑不动了，你再换。"

　　崎岖的山路上，我挑一段停下，刘林接过扁担换一段；刘林递过扁担，我换一段……扁担悠悠，水桶轻晃，清清井水被我们挑到学校了。

　　"老师，井水不用烧开，直接喝，挺凉快的呢！"额头上沁出了晶莹的汗珠，刘林憨厚地笑着。

　　多年过去了，我任教之初如刘林一样纯朴的学生们早已奔赴不同的岗位。刘林或许已实现愿望找回他的妈妈，而去大龙小学的笋溪河大桥、公路已修好，大龙小学因为"义教均衡"已合并到镇中心校，我也辗转了几个学校不在原地。

　　但每年的教师节，我都会想起我的第一个教师节，想起那悠悠的扁担、清清的井水。

与青春有关的田螺

作者：罗鸿

话说有没有过一道菜，让你一想起它就会感到所有味蕾全部苏醒，唇齿之间全是火辣的快感？让你努力地想阻止唾液分泌，然而唾液已经奔涌而出？

对，我说的就是辣子田螺。

那时候，桌子上有一盘泡鸡爪，一碟盐水煮毛豆，还有一盒牙签。大家矜持地伸着筷子，剥开豆子或者掰开鸡爪子，边吃边聊，眼睛却不时瞟着门口的大铁锅。那里，辣椒已被爆炒得红亮耀眼，花椒撒下，姜、蒜、豆瓣紧跟其后，满锅的作料在铲子的搅动下，翻腾跳跃。一阵暴风骤雨般急促的声响后，田螺被倒进锅里，被各种作料围堵，它们已经无路可逃，瞬间被染上红油，被姜、蒜衬托，被豆瓣浸润……精盐、白糖和味精，料酒、生抽和蚝油，也被一一倒进锅里，它们争相与田螺缱绻缠绵。香气升腾弥漫，一把芝麻撒下，一把葱花撒下，色香味都有了！所有人伸长脖子，翘首企盼。终于，辣子田螺起锅了！

终于，有一盘辣子田螺放在了我们面前！老板过来示范：用两根牙签夹住田螺两头，用第三根牙签插入田螺肉，轻轻一拉，肉已经穿在牙签上。果然简单易学。迫不及待放入口中，从舌尖到全身，所有的细胞仿佛被激活了，那痛快的麻辣味道在口腔里四下撞击，眼泪随之而出，却只感到酣畅淋漓。再看鸡爪、毛豆，都成了小家子气的陪衬，而辣子田螺俨然带有帝王的雍容气度，它安然地立于桌子中央，霸气十足，接受食客们的膜拜。

第一次吃辣子田螺，还在上大学，囊中羞涩的事情时有发生，然而，一旦有值得庆祝的活动，我们总会首先想到辣子田螺。在大学校园门外那条街上，田螺店都是一样的格局。门口有几个大盆，分别漂洗着田螺，从水的清澈度可以看出，其中一盆是即将下锅的。

锅就在门口另一侧，锅旁边放着几排碗，碗里装着不同的作料，红的辣椒，黄的姜末，绿的葱花，白的蒜片……凡所应有，无所不有。每一次去吃辣子田螺，只感到眼睛所见、鼻子所闻、嘴里所尝，都能使各类感官体会到极致。因此，为了一盘辣子田螺，室友们多少次节衣缩食，也能无怨无悔。

母亲说，她小时候也吃过田螺。20世纪五六十年代，正是最难熬的时候。幸好，在水沟、堰塘、水田边上，凡是有泥土有水的地方，都有田螺聚集，足以救命。带一个竹编的撮箕，蹲在田地边，伸手便可捞起一只。田螺不像鱼虾，它安静地趴在撮箕里，不会挣扎，也不知道即将到来的噩运。

一上午过去，已有小半撮箕田螺。把田螺倒进筲箕里，一锅滚烫的开水淋下去，一嘟噜田螺肉瞬间就翻卷过来。一一拣择出来，放进锅里，撒几粒盐煮上，也就解决了一顿饭。大约太过饥饿的缘故，我母亲并不怎么记得田螺的味道。我估计那样做的田螺肯定不好吃，没有作料，重要的是缺了辣椒。

别的食物，倘使麻辣味十足，会有上火的嫌疑。然而，田螺性甘，人们不必有此顾虑。据《本草纲目》记载，田螺肉能治"目热赤痛"，甚至田螺壳还能治疗毒疮、癣疮。那么一小团壳，那么一丁点肉，有十多种功效。它不只能满足口腹之欢，还能达到食疗的目的。俗话说："地上跑的不如天上飞的，天上飞的不如水里游的。"

田螺倒是不会游，但它在水里慢慢爬着，也有丰富的营养。而且，田螺对水质的要求很高，有田螺的地方，不必担心被污染，这也使得人们可以放心食用田螺。

如今，我还常常想起母校外的辣子田螺。那令人销魂的味道，似乎一直留在记忆里。

世间万般美味，唯有一盘辣子田螺，才能配得上那一段青春。

难忘童年

作者：夜夜雨

每天早上，洗漱完毕，就开始为孩子准备早餐。有时候，前一天晚上就开始为第二天的早餐做准备了。如果前晚有剩饭，第二天早上的早餐大多是蛋炒饭。冰箱里也时常备有馄饨、水饺、汤圆等。每天早上都换着花样，尽量做到一周的食谱不重复。就这样，有时候，还不能满足小公主的挑剔的小嘴。这不，今天早上为了是吃包子还是吃面条，我又和她讨论了半天⋯⋯

这不禁让我想起自己小时候。

那是 20 世纪 80 年代末，农村生活贫苦。父亲常年在外地做小生意，以维持一家人的生计。母亲一边种几亩田地，一边照顾我们姐弟俩。

那时的早饭，哪有现在这么多的选择啊？大多数就是稀饭，就着母亲自己腌制的咸菜。咸菜多是时令蔬菜腌制的，春天的雪里蕻，秋天的萝卜干，还有各种各样的野菜。

稀饭，既是我们的早饭，也是猪一天的粮食。每天 5 点多钟，母亲就起床了。第一件事就是在灶上煮一大锅白米稀饭，然后再去洗衣服，忙农活儿。稀饭，我们吃些，剩下的都是家里养的那头大肥猪的吃食，分三顿，掺些皮糠、野菜。

农村的孩子是很少有鸡蛋吃的，家里的鸡蛋都是要攒着卖的。一毛钱一个，慢慢积攒到二三十个，等着那卖货郎挑着担子来队上收。卖鸡蛋的钱，再在卖货郎那里买些日常用品。

当然，逢年过节往往有惊喜。记得有一年端午节，母亲给我们煮了两个鸭蛋。母亲从煮着稀饭的大锅里，把鸭蛋捞上来，放在盛着凉水的水瓢里清洗。我俩就眼巴巴地看着，还没等鸭蛋洗好，弟弟就一把抢过去，抓起来就跑。我跟着跑出去。只见弟弟蹲在地上，把两个鸭蛋放在凳子上，正在比画。把蛋竖起来，比长短；把蛋横躺着，比粗细。比画好后，他把自己认为小的那一个鸭蛋，给了我。那时的他好像三四岁的样子，我比他大三岁。

每每想起这件事，我就忍不住想笑，又有点想哭。

肉，更是一种奢侈品。我们吃的肉，主要是猪肉。只有逢年过节，或者家里来亲戚了，母亲才会到街上买一两斤肉回来。那时买的肉，大都挑选肥肉，因为肥肉不仅可以做菜，还可以熬猪油。熬出来的油，倒在玻璃瓶子里，一冷，便凝固成雪白的脂膏。平时，做菜或烧汤时，挖一勺，可以吃很久。

每次母亲在灶上熬猪油时，我们姐弟俩也是要围在灶台边等候着。熬油后剩下的油渣子，是我们喜爱的吃食。母亲通常会拿它来烧菜，但我和弟弟更喜欢将它做成零食。撒上白糖，或者拌上酱油，脆脆的，香香的，很美味。

我小时候有两个愿望：一是顿顿有肉；二是嫁个独生子。

第一个愿望，因为在那个年代，肉实在是太好吃了。

说起第二个愿望，现在想想也挺有意思的。父亲有两个哥哥一个姐

姐，家中排行最小。大伯参军到了外地，家里种田的就是父亲和二爷。虽说是亲兄弟，却免不了为了一些琐事吵架，甚至还打过架。主要的由头有两件，奶奶的赡养问题，再就是一些田间地头的琐事，像耕牛的使用、田间放水等。

那时候小啊，看到他们兄弟之间、妯娌之间为这些鸡毛蒜皮的小事争得鸡飞狗跳的时候，我就想：我长大一定要嫁个独生子。这样，就不会有人和我吵架了。

时光荏苒，一晃二三十年过去了，那样贫苦的年代一去不复返了。但艰苦生活的经历与磨炼，让我更加懂得父母的付出与不易，让我更加珍惜现在的美好生活。

腊月里的忙碌

作者：季宏林

大寒，是农历二十四节气中的最后一个节气。俗话说：小寒大寒，冻成一团。大寒节气，天寒地冻，滴水成冰。时不时还来场狂风，大有"北风卷地白草折"的气势。但这风看似强劲，实则已成强弩之末。毕竟，春天已近在眼前了。

这时节，冷寂、萧瑟仍是自然界的主色调，让人难免产生压抑的情绪。正如曾巩在诗中所言："际海烟云常惨淡，大寒松竹更萧骚。"但无论如何，年味却越来越浓了，热闹的气氛笼罩着整个村庄。

腊月里，日子过得飞快，事情多如牛毛。喝过腊八粥之后，眨眼间就迎来了小年。民间有句顺口溜：小孩小孩你别馋，过了腊八就是年。腊八粥，喝几天，哩哩啦啦二十三。二十三，糖瓜粘；二十四，扫房子；二十五，做豆腐；二十六，去割肉；二十七，宰年鸡；二十八，把面发；二十九，蒸馒头；三十晚上熬一宿；大年初一扭一扭。

俗话称，腊月里黄土贵三分。可是，该买的还得买。再穷不能穷年，再苦也不能苦孩子。大伙儿相约去办年货，一条老街转上几个来回，终于挑选好日常用品。锅，碗，盘，鸡，鱼，肉，年画，鞭炮……
七七八八的，装满了两箩筐，然后颤颤悠悠地挑回家。

改日，还得上趟街，买一担荒草或松枝。腊月里，煎炒烹炸，厨间
活儿特别多，烧红了锅底。这样一来，选用柴火就有些讲究了。稻草火
不旺，灰多。荒草，松枝，是最佳的选择。有的人家早些时候劈了一堆
柴，这时候派上了用场。也有人家将牛屎当柴烧，火势微弱，发出绿莹
莹的光，倒是很适宜熬粥。

女人手脚麻利，灌一锅水，架起饭甑子，倒入白生生的糯米，在灶
底下用火烧。蒸熟的糯米饭，又香又黏。将糯米饭摊在簸箕里，晾干后，
掰开米团子，再用瓶子碾压，直至变成一颗颗米粒，然后太阳下晒几
天，就成了冻米籽。家里来了客人，炒一把冻米籽，加几个糖打蛋，就
是招待客人的最高规格。当然，这还不能算作正餐，只是临时做个点心
而已。

不久，炆糖师傅进了村，挨家挨户炆糖果。师傅将冻米籽与小石粒
放在一起炒，爆出米花后过筛。熬好糖稀后，将爆米花倒进去，搅拌均
匀后出锅，放进一个方方的木格里，摊平，碾压，再用锋利的刀切片。
一般人家都会打些冻米糖、花生糖、芝麻糖，备着春节期间招待客人。
也有节省的人家，自己做糖果，用手揉搓，跟麻球一样大小，特别结实，
就是牙齿再好，一天也只能啃一个。

元宵，豆腐，是过年时必不可少的。糯米、黄豆泡好后，男人搬出

石磨，仔细地清洗一番，然后在底下放一只澡盆，在屋梁上悬根绳索，系在磨担子两端。一人不停地用勺子向磨眼里放入糯米或黄豆，另一人推磨。约莫半天时间，便大功告成。糯米面养在一口大缸里，等到了正月，就取出来做元宵，一直吃到正月十五。

做豆腐时工序较多，还得掌握好火候和点卤才行。若是想吃老一点的豆腐，就往豆浆里多加些石膏。想吃嫩豆腐，就少放点石膏。在豆腐出来之前，先吃上一碗豆腐脑。这东西外表冷静，内心却火热得很，得搁一会儿再吃，否则会烫得你直吐舌头。俗话说，心急吃不了热豆腐。

等年货置办齐了，一切也就水到渠成。炸丸子，炸豆腐果，炖鱼，炖肉，扫尘，刷墙，写对联，贴年画，大大小小的事，一直忙到三十晚上。

其实，腊月不只是忙忙碌碌，它也有属于自己的风景，还有吐露心声的花语。蜡梅，水仙，君子兰，一瓣瓣，悄然绽放，默然守望，一年又一年。

童年梅雨

作者：巴陵

不知该怎样记述童年的生活，偶尔记起的一点一滴也无法连成一篇。异地阴雨连绵的日子，也可寻觅到一点失去了的童年趣味。

没有蛙鸣的都市，早就遗忘了季节的界限。

家乡的五月，有一个节日——端午。那时，就会下起绵绵梅雨，田野里蛙声一片。农人放下锄头暂时休养几天，我就盼着吃杨梅。

我家没有杨梅树，邻居家有一棵。树挺高，常常不准我们爬。我也不敢爬，怕把衣服弄脏了，母亲要责骂我。母亲爱吃杨梅，却没我这般馋。我爱偷着吃，她是正正经经一颗颗数着吃，吃五六十颗也就罢了。

每当风雨大作的夜晚，我就被惊醒。更准确一点说，是被杨梅喊醒的。心想：不知又要落下多少梅子。就睡不着，望着窗外。天蒙蒙亮，我又被疲倦带入了梦乡。睁开眼睛，天早已亮了。穿着短裤、背心，趿着鞋来到厨房，灶上煮着饭，母亲、姐姐却不知去向。

我赤着脚跑到后园。母亲提着篮子往回走，嘴里说着：没有了，没有了，回去煮饭吃。我总要抱住母亲的篮子抢着给她提，母亲也就顺便让给了我，撑伞给我躲雨。提回家，母亲不准我吃生的，我抓一把就往嘴里塞，母亲半责备半怜爱地说："三伢子，叫你洗了吃……你……"就没说下去了，我边吃边嘿嘿地笑。

大姐端来一盆清水，加少许食盐，把梅子倒在里面。我马上围过去，两手在里面乱搓。二姐马上抓住我肩膀往后挪，我站也站不起来，手也够不到脸盆。我就告状，说姐姐打我。母亲在灶下边烧火边说："打得好，你也爱调皮的！"停一下，会轻点说："二安（二姐乳名），莫搞得他痛。"她们洗完放在筛子里，我又不吃了。到邻居家去抓一把没洗的边吃边回来，要是被母亲看到，她要抢掉我的扔在潲桶里。

父亲看水（去农田巡视水的深浅）回来，进门就说又涨水了。我就问有没有泥鳅。父亲不答我，径直来到厨房，问母亲饭熟了没有。父亲爱吃酸食，吃杨梅连核也不吐。母亲唤大姐把梅子端来，要我烧火。她端来菜锅，几分钟就炒好两三个菜。

父亲说要喝点酒，就是声明他要去抓泥鳅，我忙去准备小簸箕、篓子。吃饭时，我也在父亲碗里喝一两口白酒。母亲在旁说："三伢子不准去，下这么大的雨。"饭罢，父亲会问我东西准备好了没有。我穿上凉鞋，父亲披上用塑料薄膜做的雨衣。吩咐我只能到田坝坑里捉泥鳅，不准下河捕虾米。我那时也不敢下河，踩在河里，脚下的泥沙一下就被水淘空，我总觉得头晕，站不稳。

到了田边，我们以溪水为界。父亲到西边去，我就沿着东边找田坝坑。遇到有水流的田坝坑，我就在溪边的出水口插好簸箕，再堵上田里出来的水，泥鳅、黄鳝、鲫鱼就困在田坝坑的小水潭里，清除杂草、砾石，如捡死的一般。也有螃蟹，就抓住它往篓里丢。这些动作是极细心又耐人寻味的。淘完一个田坝坑，我就兴奋好一阵。淘上十几、二十个就有一两斤泥鳅，我就没心思再捉了，喊父亲回去。

生火记

作者：卦婶

"你这个死妮子，叫老半天都不动，还不快拿着玉米芯去学校生火去！"今天又轮到我值日了，一大早被奶奶从仿佛装着整个春天的被子里，无情地拽到让人直打哆嗦的现实。

奶奶是个快 70 岁的农村老太太，因为年轻时候被她娘逼着缠脚，所以现在走路一摇三晃，难为了她近 1.65 米的身高。不过她虽走不稳，却中气十足，大清晨被她这么一吼，我立马打了个激灵，那些瞌睡虫也争先恐后地跑掉了。

我火速套好昨晚就放在被窝里焐着的棉袄、棉裤，拎着书包和一袋玉米芯就急忙往学校赶去。

刚出门，就被等在我家巷子口的徐红红堵住了："你昨天答应给我带的红薯，带了吗？"

"带了带了，赶紧走。再不走，老赵头儿又该骂人了。"我三步并作两步地往前大步走着，她紧跟着一路小跑："今天我们等火烧旺了再搁，要不红薯又该被熏得下不去嘴了。"

"好，我这回特意偷了几截小个儿的，上回那个烤得夹生，真可惜，这回一定给它烤烂乎了！"我俩边走边讨论着"民生大事"，一想到软糯香喷的烤红薯，脚下都不由得快了几分。

　　到学校时，和我们一组的张小兵还有刚子早都到了，正忙活着从昨晚值日生封过火的炉子里，往外掏没有烧尽的炭。

　　我们小学是村大队号召村民集资盖的，集资的口号是"再苦不能苦孩子，再穷不能穷教育"。大家伙一想，反正自家娃娃也要上学，捐吧。最后，全村出动，肩挑手扛地落成了这六间平房，一个年级一间，但也仅限于此了。

　　那时候，玻璃都是紧缺资源，金贵着呢。我们四年级教室的窗户上，有好几块都是两个半块拼在一起，用钉子钉着安装在上面的。要是哪个不长眼的玩打仗用石头砸坏了玻璃，那晚上他爸揍他的哀号声，绝对全村都能听见。

　　上晚自习还要自己带蜡烛，没有蜡烛的带煤油灯。因为这样的条件，我研发出来用钢笔帽烤黄豆的技能，还详细地记录了煤油灯要挑到多大的火焰，豆子才能最香。只不过付出的代价是，一年之内不能买我想了很久的，那支带着荷花图案的自动铅笔。这个严重的后果直接扼杀了我烤豆子技能精进的可能。

　　不过，既然烤黄豆的技能不能随时发挥，那借着早上生火的机会，烤个红薯就成了发挥我技能"余热"的最好机会。

　　虽然晚上也有值日生封火，但那个炉子十有八九是封不住的，要么是不到天亮都烧透了，要么就是封得太死，没烧完就灭了。总之，封火这事虽然天天都有人做，但做成功者不多，简而言之就是"看天意"。所以，我们也习惯了值日时都自带玉米芯先去学校生炉子。

　　看着张小兵和刚子进进出出地往外倒烧尽的炭块，我们俩急忙把拎着的袋子整个一倒，玉米芯瞬间堆满了炉子一旁。徐红红从里面捡出来几片干玉米叶，熟练地用火柴点着迅速往炉膛里一扔，再把其余的玉米叶慢慢堆在上面，等着火苗上来之后就开始一个一个地往上搁玉米芯，搞得跟个积木高台一样。

等高台搭好，底部的火已经慢慢开始往上着了。今天带的玉米芯有点潮，浓烟滚滚往外冒！"咳咳！你带的这是啥吗？不知道的还以为是烟雾弹呢！"张小兵一边捂着嘴巴咳嗽，一边递给我一大块烂纸板。我自知理亏，马上接过来冲着炉膛就是一通扇！

随着呼呼的风进去，火苗渐渐变得大了起来，烟势也开始变小。这时，刚子已经从外面端着簸箕砸好的炭块进来，看着火烧得差不多了，就"哗啦"一下把炭全倒进炉子里，"呼啦啦"地又溅起一堆火星，好像在炉子里盛开的烟花四处飞舞，又被轰然盖住。

到这时，生火的步骤已基本走完，就等着炭被底下的火慢慢引着了。不过，我们几个也没闲着，张小兵把没用完的玉米芯拾回袋子里。刚子又去外面，砸这一天要用的炭去了。徐红红拿着笤帚，把炉子上上下下扫得干干净净。我献宝似的赶紧拿出从奶奶眼皮子底下偷出来的几截红薯，放在炉子中间那层封火盖上！要不，你以为徐红红为啥要扫那么干净呢？

接下来，是我们每次值日最期待也最难熬的时间了——等红薯熟！谁也无心看书，还得祈祷红薯能赶在老师进教室之前烤熟。心急火燎的徐红红一会儿揭开炉子盖瞅一眼，那几截小红薯仿佛是禁不住我们几个焦急目光的炙烤，以肉眼可见的速度渐渐从"紧实"变得"抽巴"，香甜的红薯味开始在教室里四处游窜，哈喇子早已不受控制地在口腔分泌。

随着几处烤焦红薯皮的裂开，白白的红薯肉也悄悄探出了头。张

小兵迫不及待地用夹煤块的火钳子夹出来一个，一边吹着气一边双手轮流交替着剥红薯皮。刚刚剥出一点就"啊呜"一口啃了上去，但紧接着又"嗷"的一声，一边被烫得张着嘴快速往嘴里吸气，一边又舍不得吐出嘴里那口红薯，就这么"呼哧呼哧"在那儿大喘气，就这样还不忘嚼几口！

此时的烤红薯犹如五庄观中的"人参果"，怎么看怎么可爱。对于孩子来说，这口香甜的烤红薯足以把他早起的怨气全部烘干。

囫囵吞枣吃完一个，胃里也暖了，身子也暖了。此时，别的同学也开始陆陆续续到学校上课了。对于这股浓浓的烤红薯味，大家彼此都心照不宣。这课前烤红薯早已成了约定俗成的"潜规则"。而且除了烤红薯，还可以烤土豆、烤苹果，凡是能搞到的口粮都可以拿来烤，"万物皆可烤"从我们那时就已兴起了。

现在想来，已好多年没有吃到过真正从炉子里烤出来的红薯了。专卖店里卖的红薯都用电烤箱在烤，外面包着干净漂亮的纸袋，里面红薯烤得刚刚好，一点烤焦的痕迹都没有，但完美的样子却让人提不起食欲，心生惆怅。好怀念当年在烟熏火燎中，呼着气吃着烤焦的红薯的日子，怀念那个已多年没有回去过的家乡！

孔明灯飘

. ˙ 作者：朝颜

　　每年的元宵节前后，夜晚的天空倏地热闹起来。起初以为是星星呢，一闪一闪的，成群结队，蔚为壮观。走近广场，才发现是人们把一个又一个孔明灯放飞到了空中。他们许下心愿，望着孔明灯扶摇而上，带着熠熠的火光越飘越远。

　　它们会飘向何处，又将停留何方呢？没有人知道。而我心中那一缕淡淡的乡思，却被孔明灯轻轻地拨亮。想起小时候在家乡放孔明灯的诸多场景来，与今夜的情形相比，更是另一番滋味。

　　在家乡，正月里是乡亲们最快乐的时光了。村里的人们从年头忙到年尾，此时终于闲了下来，热热闹闹的好戏也要开始上演了。也不知是谁第一个发起：放孔明灯喽！篾匠便剖好几根竹片，三五下就撑起一个孔明灯的支架来。

　　年轻人聚拢到一起，有的找来一些细铁丝，帮着固定孔明灯的支架，并在底部围出一个圈来。有的从家里拿出几块松油木，用斧子剖成细碎的块状。有的则兴冲冲地去买薄页有光纸。一切材料都准备妥当后，大家七手八脚，将纸糊成一个圆柱，围在支架上，剖好的松油木拿铁丝固定在支架底部。

有经验的人说一声"可以了"，大家就众星捧月般地拿着做好的孔明灯来到屋后空旷的晒坪上。穿着新衣服的孩子们像逢着盛会一般，笑着跑着都跟来看热闹了。老人们提着用围裙罩住的火笼，站在外围，一边唠些家常，一边关注着放孔明灯的进度，瘪瘪的嘴上乐出一道没牙的风景。年轻人把孔明灯放在晒坪上，抽烟的掏出打火机，把松油木点燃了，然后小心翼翼地将孔明灯放平。

大家七嘴八舌地喊着："压住，压住！"便都齐刷刷地蹲下身去，双手死死地按住孔明灯的底圈，不让一丝冷空气跑进孔明灯里面去。不多一会儿，孔明灯内部热气升腾，膨胀得饱满，有点按捺不住要腾空而起的架势了。喊一声"放"，大家的手便一齐松开。于是，憋足了劲儿的孔明灯开始缓缓上升。

老人、孩子一齐围拢过来，抬头看着孔明灯越升越高，把嘴巴张开成"O"形的，欢呼的，雀跃的，不一而足。没有一个人对着孔明灯许下心愿，但是人们对新年的期许却全都写在脸上。

其实，对于半大小子来说，最激动人心的还要数追孔明灯。眼瞅着孔明灯升上了高空，他们关心着孔明灯要飘往哪个方向。在我们老家，放出的孔明灯总是要尽量找回来的。有人说，往小陂方向飞了。大家便顺着孔明灯飞去的地方奔跑，边跑边抬头看着孔明灯，追随着它的足迹一路向前。

北风呼呼地吹着，孔明灯悠悠地飘着，追的人唰唰地跑着，全村能跑的大小孩子都呼啦啦地跟着，队伍逶迤而壮观，时常引得路人驻足观看。他们沿着村道，或穿过小河上的独木桥，朝着风吹过的方向追去。不管那个孔明灯是否安好，只等着它落下来，带它回家。不能跑的老人、女眷们，则在晒坪上翘首南望。大半天过去后，那个最精壮的小伙子终于领着一大帮满头大汗的人，拎着一个已经蔫然的孔明灯昂首归来，俨然一群凯旋的胜利者。

回来，自然要热烈地议论这次的松油木真得劲，烧得真耐久，追了那么远孔明灯也还没落下来。女人们接过孔明灯，左瞅瞅右看看，啧啧地称赞着居然没有被烧坏，这孔明灯做得多结实呀。出钱出物出力的人，也就笑开了花。随着孔明灯的被追回，一场全民参与皆大欢喜的盛事才算落下帷幕。今年如此，明年亦如此。

现在，禁不住孩子的恳求，也买了一个孔明灯来放，点燃了固体蜡，不多会儿便成功放飞。此时的孔明灯，放起来简单、方便、快捷，但放飞的快乐自然也打了折。更重要的是，许多人共同制作一个孔明灯、共同放飞和追逐一个孔明灯的时光已经一去不复返。我不知它会飘向何处，只能静静地抬头望着它飘啊飘啊，飘向远方，载着我的乡愁。

第五章 —— 爱在青春里打滚

我们终于不可遏制地长大了。我们终于可以假装着淡忘那些大大小小的青春破事，忘却闪亮过我们青春的年少容颜。我们终于可以学着大人的模样，语重心长地教育身边像我们当年一样懵懂的弟弟妹妹。我们也终于丢弃了年少时那个敏感而脆弱的自己。

来不及道别的青春年少

作者：顾南安

那时的天空，总是湛蓝盛大得像倒过来的海；那时的窗外，总是生长着几棵绿油油的乔木，摇摆得人心旌荡漾；那时的课桌上，总是堆满了做不完的习题；那时我们稚气未脱的年少面孔上，总是散发着一股年轻的朝气，任凭季节的潮汐来回侵袭，丝毫不曾退却。

那时的我们，年少如花的面孔下，潜藏着一颗敏感而又叛逆的心脏；那时的我们，什么都很在乎，却又错过了一些重要的青春事件；那时的我们，总是让微笑盛开如莲花的开落，也让泪水簌簌滑落像断线的珠子……

那是我们青春最本真的模样，也是我们最富有的年代。当岁月的车轮不断奔向青春的尽头，蓦然回望，才迟迟发觉来时之路竟那么悠长，始终像一曲旋律悠扬的音乐在耳畔汩汩流淌。而道路两边，鲜美的故事与层叠的繁花交相辉映，闪烁着梦幻般的光泽。

安静观望，回想，嘴角会有微笑轻轻流溢，眼角却也一点点变得潮湿。是那些美好的青春细节与神经的每个末梢暗自约定好了吧？总能在不经意间，让我们回想起，曾经的某个时候，我们的青春曾如何绚烂绽放，而我们的面孔上有着多么鲜活的表情。

只是成长和蜕变向来是波涛汹涌的洪流，每个人自始至终无法拒绝。我们或许会倔强地选择逆流而上，然而冲击我们的洋流，会令身心疼痛得更加厉害。我们为此痛苦、纠结、流泪，也为此挣扎、奋发、前行，最终却还是被浪潮无情地送回岸边，像一条搁浅的鱼。

对此，我们或许会默默仰望着天空，发出一声忧郁的怅叹；或许会抑制着情绪的左奔右突，把心事化作笔下来回纠缠与诉说的文字；也或许会执着地怀念起那些生机勃勃的美景，以及美景中我们永远清澈的年轻的面孔……

对青春作为一条单行道的本质的感知，我们始终缺乏敏感的触角。只是渐渐在眼泪和欢笑中穿行得久了，在沮丧与奋发中徘徊得多了，在失败与成功中体会得真了，我们也终于愈加趋近梦想的光亮，更加感受到成熟的招引。

而这一切则表明：青春的尽头，已离我们越来越近。而那些独独属于青春的美好，又已经渐行渐远在来时的路途。好在，我们已在诸般世事的历练中日渐变得成熟。虽然心房的某个位置还能觉察到青春的风吹草动，脸上却再也不愿表现得太过明显。

我们终于不可遏制地长大了。我们终于可以假装着淡忘那些大大小小的青春破事，忘却闪亮过我们青春的年少容颜。我们终于可以学着大人的模样，语重心长地教育身边像我们当年一样懵懂的弟弟妹妹。我们也终于丢弃了年少时那个敏感而脆弱的自己。

至此，青春终于化作了生命里一段如梦般轻盈的记忆，我们来不及道一声再见，一切就早已模糊。北岛说："那时我们有梦，关于文学，关于爱情，关于穿越世界的旅行。如今我们深夜饮酒，杯子碰到一起，都是梦破碎的声音。"

妈妈的辣椒酱

作者：思君

雾蒙蒙的天飘着淅淅沥沥的小雨，时急时缓，像是在急切地宣告自己的到来，像极了我现在的心，急切地想让我的母亲知道，我不想让她再做这件愚蠢的事情，至少在我看来是很愚蠢的。

"妈，回去吧，你寄辣椒酱的邮费都够哥在国外买几瓶辣椒酱了。"我说着，便要将母亲往家里拽。其实，我也不是心疼那点钱，只是因为母亲之前已经来过快递公司了，他们早已告知像辣椒酱这一类的东西是不能够寄到国外的，一是因为不好包装，二是因为寄这样的东西到国外所需的费用，也确实够在国外买好多了。

母亲一听我这样说便来了气，她将辣椒酱紧紧地搂在怀里，满是敌意地看着我说："你这丫头，你知不知道，你哥一个人在国外有多辛苦。每次他跟你说吃不惯国外的饭菜，我都听见了。他在家就喜欢我亲手做的辣椒酱。"听到母亲说这些话，我不禁心中一颤。我哥原本就成绩优异，后来想要出国进修。但是，那时家境并不富裕。他硬是自己拿到了奖学金出国留学。所以这些年，他几乎是在半工半读，更是很少回家，每次给母亲打电话都会报喜不报忧。

孩子是母亲身上掉下来的一块肉呀，无论你隐瞒得多好、伪装得多像，母亲几乎都能够一眼洞穿，就像是三毛口中的那双懂你的眼睛，能够看穿你的所有心事。

"可是，工作人员不是说了嘛，这东西根本没法寄。"我的语气柔和了下来，想到了自己在外求学的时候，妈妈总会在我的行囊之中放上一两瓶密封的辣椒酱，想到每次一打开瓶盖，扑鼻而来的熟悉的香味，就会让自己感觉到自己从未离开过故乡一般。这气味就像是连在风筝上那根看不见的线，一头连着故乡一头连着游子，无论走多远，都让人感觉到自己似乎从未走远。

"妈，那我们去别的快递公司试试吧。"我说完，便拿起了母亲做好的辣椒酱朝着其他的快递公司走去。我明显地看见母亲的眼中又燃起了明亮的光，一边走一边说："寄过去了，你哥应该就能多吃些饭了。上次视频，我看他瘦了好多……"

我撑着伞，和母亲在细雨之中走着。我故意将伞向母亲那边偏了些，就像是小时候她所做的那样。我侧首看着她有些佝偻的身子，脸上不知何时爬上的细纹，一边走还在一边碎碎念着，突然觉得鼻头一酸，还好很快就到了另一家快递公司。

结果如我所料，依旧是不能够寄出去。我们就这样一连跑了好几家快递公司，结果都是一样的，我的心在一次次的回绝之中冷了下来。但是，母亲却始终坚持着，她相信总有一家能够给她的宝贝儿子寄去这一份家乡味道，直到走完了最后一家快递公司的时候，那一丝摇曳在她眼中的光才瞬间暗淡了下去。

说实话，看到母亲这个样子，我实在是有些于心不忍。但是，规定就是规定。那天，母亲怏怏地回了家，总是坐在窗边发呆，我不知道她究竟在想些什么。但那几天，母亲几乎每天一大早就出去，中午回来吃饭，然后又出去。

一连过了四天，终于在一个下午，她喜笑颜开地回来了，还带回来了一大袋子辣椒和其他东西。我不明就里，但是母亲兴致高昂，我也不好打断，于是就配合她再次来到了快递公司。

我的心中早已做好了再次失望的准备，但结果却出乎意料，只见快递公司竟然接收了快递，我非常惊讶。要知道我的母亲可是个不折不扣的农村人，怎么可能会想到这样的办法呢？只是还不等我将自己的疑惑说出口，母亲就颤巍巍地从衣服口袋里拿出了一张纸，上面歪歪扭扭地写着什么。我实在有些看不懂，旁边竟然还像小朋友涂鸦一样画了画，很明显是一个辣椒，后面写着500，应该是500g（克）的意思；还画了大蒜，后面写着10，应该是10g（克）的意思。一张不大的纸上，密密麻麻地画上了一些画，还有横七竖八的字，我大概能够猜到这应该是辣椒酱的制作方法。

我的眼眶有些湿润了，回头对着母亲说："妈，你说怎么做，我来帮你写吧！"母亲点了点头，满布皱纹的脸上绽放出一个不好意思的笑。我在母亲的叙述下，写下了辣椒酱的制作配方。在邮寄的时候，我小心地将母亲画了画的纸也放了进去。

看着快递被完完整整地打包好，母亲总算露出了一个欣慰的笑。她拉着我的手走在大街上："女儿啊，我们家没钱，让你和你哥吃了苦，真是对不起啊，妈没有给你们一个好的家庭。但只要妈能做的，就愿意做。"我看着母亲满布皱纹的脸，而我们就是在这一条条皱纹之间慢慢长大的。她的目光看向天边，幽幽地说了句："这下，你哥应该能吃好了。"夕阳西下，落日的余晖下，原本瘦小的母亲，影子却拉得很长、很长……

有生之年狭路相逢

作者：李子

认识他的那一年，我还不到 14 岁。就是在那样青涩的季节里，我邂逅了那个有着火焰般笑容的孩子。他的笑容明亮而生动，我还是不染铅华的女子，眼睛里却总有淡淡的忧郁。忧郁是我唇边的笑，清澈透明。

青春唯美喧嚣，如同潺潺的溪水，欢快而柔美。我以为我可以一直这样走下去的，可以用天蓝色的心情，去感受简单的美好，从未想过要发生什么故事。

我热爱自由，自由是我的全部希望。

他执意在我的小小世界停留，看到他坚定的样子总是有恍惚的忧伤，我们不过是注定的过客，我不要经过的时候，看到他有那么深沉的眷恋。

彼此的缘分真的来得太早，只是他调皮而温暖的笑，让我的 14 岁一下子过去，感觉在这个孩子面前，我已经超凡脱俗。冷冷地看着他，眼里却有掩饰不住的怜爱。他的身影孤单而落寞，成为我命途中绝美的风景，摇曳摇曳。爱是一场浩劫。

我在想有关宿命的东西，他的，我的，浅浅地划过我 14 岁的天空。

惊鸿一瞥的瞬间，已注定我们不解的缘分。有生之年狭路相逢，长不过一天。所幸，手心没有长出纠缠的曲线。我看见他的笑容，斜斜地划过天际，看着我笑得一脸无邪的样子，有恍惚的感动，无边无际。

那样单纯的一季，阳光温柔地落满了我们的世界。我像是他命中的女神一样，让他黯淡的花季明亮起来。他虔诚无比的样子，多年以后想起总是忍不住热泪盈眶。爱是不分时间的，宁愿相信不是爱，只是不经意成了一个孩子的信仰。

他孩子气的笑荡漾在我经过的所有地方，演绎成一支喑哑的骊歌，风花雪月点缀了岁月如诗如画，他的身影向我走近又走远，我看得萧瑟看得落寞看得忘记了语言。

他天使一样的笑容温暖了整个孤单季节，成为我青葱岁月的所有纪念。

我说："以后的岁月，你一定要好好生活，不然我会放心不下的。"

他风一样的身影却更加扑朔迷离，越来越深的不安萦绕在我心头，他是个让人担心的孩子。

时隔几年，不经意的重逢，一切的一切仿佛早已尘埃落定，不留神，不小心，牵挂了许久的朋友就站在了我面前。当他用玩世不恭的眼神告诉我成长的痕迹时，隐藏了许久的忧伤终于失重，走进了一个又一个万劫不复。我就像现在一样看着他，开心，难过，得意，失落。于是，我跟着他开心也跟着他难过，只是我一直站在现在而他却永远停留在过去。

前尘往事一下子拉开帷幕，我看见一个孩子只留给我的笑容，我听见他说，你是我的全部天下。

生命无尽头，爱恨亦有涯。

记忆的画屏突然没有了绚丽的色彩，只有眼泪一点一点地涌上来，为一段不是爱情的爱情故事，为一段走过花季雨季的朦胧岁月之旅。

除了祝福，还是祝福，唯有祝福，才能幸福。

我们年少时那苍白的一季早已得到纪念，在花开花落的瞬间永久埋葬。

是我的皎皎明月光

作者：苏长恩

刘君和李佳小学就认识，李佳现在都记得当时的情景。彼时她刚刚转学，那晚的月亮特别圆，她正盯着月亮发呆，突然架子床剧烈地晃动了一下，头上传来嘻嘻嘻的笑声。

她没理，过了一会儿床又开始晃，这次的笑声比上次的更持久，老师不在，李佳一看床上有一个姑娘，她正把被子裹在头上，看到李佳，她笑嘻嘻地开口："我玩不倒翁呢，你要不要来？"

李佳摇头，说了句"你小声点"，就回去睡了。

第二天的自我介绍完了，李佳才知道她叫刘君，也是刚刚转来，就坐自己身后，刘君是真的"自来熟"，性格也好，没多久就和周围的同学打成一片。

但是李佳不同，她有点木讷，慢热，除了学习好一点，脸上就写着两个大字——乖巧。

李佳也不清楚她们两个性格迥异的人是怎么走到一起的，可她们的的确确就是彼此最好的朋友，一起分享零食，一起写作业……

当然也闹别扭，背课文的时候老师一个人考不过来，老师尤为看好成绩好的李佳，让她拿着书考人。每每到了刘君，李佳就很"严苛"，后来她们和好，刘君笑着说这件事，李佳反倒有些不好意思。

小升初的时候，刘君和李佳考上了同一个学校，学校是市里数一数二的初中，但是李佳的爸爸不同意，要把她送到别的学校，李佳一个人躲起来悄悄哭，后来同学找到她，跟她说："刘君去找你爸了。"

也不知道他们说了些什么，最终李佳还是上了理想的初中。后来，李佳一想起这件事就觉得感动——刘君明明自己都还那么小，却愿意为了朋友站出来。

我少时所有的勇气都是因为你，我的朋友。

初中，她们依然被缘分"捆绑"在一起，虽然分班没分在一起，但是班级都在一层楼上，只有一个班级混合宿舍，她俩就被分在了一起，两人的生活费放在一起，吃饭的时候一起，买东西的时候一起，回家的时候一起……

李佳喜欢喝校外的燕麦粥，但是校门口离宿舍隔了一个院的距离，人多了还得排队，起码得早起半个小时。有一次，李佳蹑手蹑脚起来打算自己去买，动静不大却还是吵醒了刘君，她嘟囔了一句"你这么早起来干吗呀"，李佳说了理由，蹲下身子拿洗漱用品，突然刘君一骨碌从床上坐起来，李佳吓了一大跳，然后听到刘君的声音："走，我陪你去！"

结果，那一整天刘君都无精打采的，李佳看着她打了一天哈欠，早餐就由校外的燕麦粥换成了学校食堂的黑米粥。

李佳小学时木讷，上了初中性子更加温和了。有一次她和刘君吃完午饭去操场散步，走着走着"天降"篮球，毫不偏离地砸到李佳头上，当时李佳眼泪就下来了。刘君要去找人来道歉，李佳擦着眼泪说没事，最后还是拗不过刘君。

李佳当时坐在地上，看着站在自己前面的刘君和比她高一头的大男生理论，却丝毫不输气场："你把人家砸成这样是不是应该道歉？就算你不是故意的，球也砸到了人……"

　　最后，男生站在李佳面前，诚恳地说了句"对不起"，李佳没忍住，噗的一声笑了出来，刘君捅了捅李佳，恨铁不成钢似的说："你还笑！都这样了还笑！"

　　李佳觉得，她应该永远不会忘记那个背影。只要是她，就愿意为自己站出来，不管是曾经，还是将来，都不会让自己受委屈。

　　亲爱的朋友，因为你，我的青春才变得更为完整，更为快乐，更为明媚。

　　我们永远不吵架，吵架也和好。

父亲的泡桐树

作者：季宏林

一树花开，云霞一般绚丽。泡桐花，一种鲜为人知的紫色的花，静静地开在我记忆的深处。

老屋前后，生长着许多泡桐树。春天，泡桐花开，一串串，铃铛似的，挂满枝头。每天，我拉开门，一抬头，便看到满树的泡桐花，像一片升腾的紫色的云烟，四处弥散，屋子里也被映得亮堂堂的。有这繁华似锦的泡桐花相伴，童年时的我忘记了烦忧，也忘记了岁月的艰苦，心中编织起一个个绿色的梦，甜美的梦。

可是，一夜风雨过后，地上落满凌乱的残花，那情形惨不忍睹。过几日，地上的泡桐花消失得无影无踪，它们已经混进了泥土里，变成泥土一般的颜色。

过年时，父亲常写的一句春联便是"紫气东来"。我在一旁歪着脑袋看，不解其意。后来，我才知道，它还有个典故。相传，老子过函谷关之前，关令尹喜见紫气东来，料到将有圣人过关。原来，父亲眼里的紫气也是一团祥瑞之气，是对美好、幸福的生活的憧憬和向往。

门前的那棵泡桐树，高大，挺拔，两个人都合抱不过来。我不知这棵树是谁栽下的，更不知它有多大的树龄。夏天，我常和小伙伴在树下纳凉，玩耍。累了，干脆就躺倒在树底下，眼睛盯着翠绿的树冠发呆，不一会儿就进入了梦乡。

那棵树也是鸟儿的天堂，它们在上面蹦跳着，闹腾着，唱着歌，就像我的童年一样无忧无虑。有时，飞来几只喜鹊，站在枝头，喳喳地叫。奶奶高兴地说，喜鹊来报喜，家里要来客人啦！

泡桐树，灰褐色，麻麻点点的。皮薄，脆嫩。一天，我心血来潮，用拳头击打泡桐树。瞬间，树身裂开一道口子，"泪水"涟涟。恰好让父亲看到了，他狠狠地训斥了我一顿。此后，我再也没有任性过了。

一次，我无意中发现，整个村子里，不知为何，我家的泡桐树格外多、格外大，将房屋团团围住。夏天，浓荫蔽日，室内清凉了许多。初冬，地上落了一层枯叶。奶奶将它们扫拢起来，用簸箕运进厨房，当作生火做饭的燃料。后来，家中翻盖新房子，为腾出一块屋基地，父亲不得已砍掉了几棵泡桐树。

从记事起，每年三月，父亲总会寻一处空隙地，栽上几棵泡桐树树苗。他挖坑时从不马虎，挖好后还要细细地修一遍。小半天时间，才挖出来一个圆圆的光溜溜的坑。栽下树苗，培好土，浇上水。之后，他三天两头地过来看看，将有些歪斜的树苗扶正，用力踩紧树根四周的泥土，然后再浇些水。过一段时间，父亲还会从池塘里打捞出一筐筐黑色的肥沃的淖泥，壅在树根底下。

泡桐树，长得快。几年的光景，就长到碗口粗。成材后，乡亲们用来制作家具、农具，既轻便，又耐用。此外，它还担任着更重要的角色。

圩区，十年九淹。若是圩堤溃破，不仅庄稼颗粒无收，家禽、牲畜淹死无数，还会危及乡亲们的生命安全。

听奶奶说，1954年发大水，许多村庄被淹没，乡亲们四处逃生。年幼的父亲不幸被洪水冲走，危急之中他死死地抱住一棵树。那棵救他命的树，便是一棵泡桐树。从那以后，我似乎明白了什么。

经历过无数次灾难的乡亲们，对居安思危有了更深刻的理解。从此，家家户户，房前屋后，凡是有空闲的地方全种上树。等这些树成材后，乡亲们便请木匠制作各种各样的船只。以后，若遇到发大水的年头，心里也会踏实许多。

那一年，又是发大水，河水都快要漫过堤埂了，大雨仍一场接一场地下着。乡亲们做了最坏的打算，纷纷备好船只，将粮食、衣物打包。

恐慌笼罩在人们的心头，乡亲们开始疯狂地砍树。舅舅也从山里匆匆地赶过来，还带来了工具。砍树前，父亲不说话，只是默默地吸着烟。最终，在他的默许下，舅舅忙活了大半天，才将门前那棵逃过无数次劫难的泡桐树放倒了。那段时间里，我和父亲一样心头总是空落落的。

又是一年，泡桐树开满紫花，灿如云霞。可是，它终究没有带来祥瑞。那一年，还不到50岁的父亲离开了我们。从此以后，我也离开了那个令我忧伤又难以忘怀的地方。

后来，我搬到一个小镇子上安家。再后来，我又搬进了城里。渐渐地，我远离了生我养我的家乡。我将从老家运来的那棵泡桐树，全用在了新房的装潢上，让它以另一种方式延续着生命，就像父亲一样仍然陪伴在我的身边。

姥姑是我乡愁的全部

作者：陈蕙茗

如果说，长大离家后，乡愁是一只放飞的风筝，我在远方，姥姑在家乡那头，紧紧地拽着线绳；而现在，乡愁是一方方矮矮的坟墓，我在远方，姥姑却在里头，阴阳相隔。

无论何时，姥姑都是我乡愁的主角，是我心底最宝贵的温柔，是我梦中永恒的牵绊。

年幼时，我的父母总是很忙，外公、外婆要带舅舅的 5 个小孩，没法照顾我们。因此，我是姑姑带大的，自然我就和姥姑特别亲。小时候，大家族的人更喜欢姐姐一些。据说，我出生前医生预测，说我是个男孩。未曾想到，呱呱落地的是个女孩。那个年代，重男轻女思想多少还在，家里人多少对我的降生有点失望。

只有姥姑没有，依然疼我护我。从小到大，她都叫我茗儿，还总是说我是家族的又一代人物，不能因为我是女孩就不喜欢我。我的小伙伴不多，我的少年时代，姥姑是我最贴心的陪伴者。

我们家住的大宅子特别像红楼梦里的建筑，青色的瓦房砌成，屋里有十多扇门，都是木制的各色花纹雕制。年幼的我，总是调皮地拿着姥姑给我买的风筝，在十多道门里穿梭，假装放风筝，玩得不亦乐乎。

夏天的中午和傍晚，我就在前院的亭子里睡觉，偶尔会有风透过空隙的瓦房吹进来。但大多数时候，是姥姑在一旁用扇子摇风，哄我睡觉。

姥姑是大家闺秀，写得一手好字又识读经书。我有什么不懂的，就爱问她。她睁着大眼睛认真看完后，告诉我这个字什么意思，这本书讲的什么。我从小爱读书，受姥姑的影响非常大。

我在一旁看书，她老人家在一旁帮人纳鞋底，赚点家用。姥姑年纪大，穿针引线不行，我就来帮她。帮姥姑做一些小活儿，她总会给我个5毛、1元零花钱。我立马就屁颠屁颠地跑去杂货店买吃的，生怕被父母知道。

后来，上了学，和姥姑待在一起的机会少了。我在家里写各种作业的时候，姥姑就会走过来，偷偷地把刚从杂货店买来的小吃塞给我，然后见我开心地藏好，就走开了。

我读初二那年，写的一篇豆腐块文章登上了《中学生阅读》。回来后，我第一个跑去告诉她老人家。她笑得可开心了，摸着我的头说："我就说你是陈家一代人物，你一定可以的。"

我把那本《中学生阅读》送给她。以后有人来家里做客，她就会翻到那页有我名字的地方，与大家分享："这是我茗儿写的呀！"

后来，姑姑家分了房子，我们不住在一起了，就不能天天看到姥姑。寒暑假，姥姑就会来我家住一阵，我出外读大学了也是如此。姥姑那时越来越老了，我隐约有种害怕，每一次与姥姑的分离心里都会疼一下。

来深圳工作的第一年，姥姑已经90多岁了，她执意要回乡下，她的心愿就是要住进老家的坟墓。没有想到，在中秋节过后的几天，乡里的叔叔打电话说姥姑病死了。

我一个人躲到床上，无声地抽泣起来，眼泪无声地滑过，眼前闪现姥姑的音容笑貌，真的怪自己，长大后能陪她的时间越来越少了，而小时候她却愿意付出所有来陪伴我。

刚来深圳工作，对未来的担心和惶恐总是挂在心头，也没敢请假回老家。现在想来，最后悔的就是没有参加姥姑的葬礼，没有见上她最后一面。

姥姑生平爱喝点国公酒，每次去祭奠她老人家的时候，我都会带点酒和她喜欢吃的油条，愿她老人家在天堂也能吃上油条，喝上国公酒。

打从我记事起，姥姑总是告诉我，她最爱元宵节，元宵节就是灯节，晚上要把家里所有的灯都打开。

巧的是，姥姑去世就是在元宵节的后几天。所以，每每元宵节，我总会打开家里每一个房屋的灯，想着她能找到我。

电影《寻梦环游记》有这样一句话："当这个世界上最后一个记起你的人，忘了你，你才真正从这个世界消失。"

从某种程度上来说，姥姑和我一直在一起，她是我乡愁的全部，是那个陪我玩风筝的人，那个疼我护我的人。

好想再见你一次

作者：溯游千年

我家不远是菜市场，每晚放学我都会经过这里。夜晚的菜市场大门紧闭，很冷清，但道路两旁依然有摊贩卖菜，大都是上了年纪的老人。夜场的菜会卖到很晚，有些人甚至会带上被子直接整夜睡，早晨赶早场。

而我，几次遇见了她。

秋末很冷，夜晚灯光很暗，被繁茂的大树遮蔽得只剩一点光影。我与她就在这条昏暗的路上相遇。她的头发还未见白，身形消瘦却背着硕大的背篓，背篓只剩下些塑料袋和一杆秤。她走得极缓慢，眼皮半闭不睁的，头一点一点地垂着。我看得出来，她累了，很累，走路也在打瞌睡。

她和我远了、远了，我担忧地望着那背影，又与另一个身影在模糊的眼前重叠，一声"外婆"哽在喉头，又涌上酸涩的眼眶。

我最爱的外婆，离开我至今已经四年了。四年，多少个日日夜夜我想起她，却不敢回忆，倔强地以为我回老家，外婆还会在门口笑着说："幺儿回来啦，我给你杀鸡哦！"

可我除了过年，其余时间再没回老家了。

我小时候记事后，大部分童年时光都是在外婆家和爷爷家度过的，印象最深的就是外婆家那弯曲又倾斜的土路。家在山腰，而厂在山脚。因为都去厂里做工没人照顾我，所以大人也会带上我。回程的路在小小的我的眼里是长而艰难的，每每听到回家的话，我就会撒娇耍赖让外公背我。

外公很宠我这个外孙女，每次都答应了。我在外公的背上笑嘻嘻喊着："外婆看，月亮！"

这时，外婆总会"忽悠"我："别指月亮，它会割你耳朵！"

然而，拥有鱼的记忆的我下次还会这么做。于是，这样的场景上演了一次又一次。

小学的时候，撒娇耍赖就不管用了，无知的我看不见外公的艰辛，又让外公背。外公好脾气地应下了，外婆唱起了黑脸："背什么背，自己走！"

我还是很怕我外婆的，吓得不敢说话，自己走。走着走着，我又开始"作"了，一会儿喊脚疼，一会儿喊没力气，可都瞒不过"火眼金睛"的外婆，我无一例外地被"打回原形"。

大了，精力充沛的我漫山遍野地跑，乡下总有许多的野趣。跑到山里的大石头上吹风，看着鸟儿从草丛里进进出出，运气好还能掏到鸟窝。不多一会儿，就会被鸟父母追着啄。

河沟里没有鱼，只有螃蟹。河塘里倒是有鱼，不过很深。所以，每年夏季涨水时，我和小伙伴会约好去出水口抓小鱼苗，那里有很多坑洼，小鱼苗会随水滞留在那儿。河塘里还有野鸭，就那么大点地方，到现在我也没能找到巢在哪儿。

疯玩着忘了时间，突然耳畔炸出外婆的吼声，我就知道——我完了。

外婆拿着"黄金棍"气势汹汹追了我三个田垄一个鱼池，最后也没舍得打我。

我最爱我房间的窗，木质的。每天清晨，阳光、鸟鸣将我唤醒。一推窗，就能瞧见晨曦被斑驳树影柔化下来，并不刺眼。运气好的话，还可以偷看到窗前树干上小松鼠吃野果。

可这么美好的日子，怎么就散了呢？

外公外婆一辈子勤勤恳恳地种地，儿女也不争气，没过上什么好日子，我又在城里读书。

我记得那天，灰蒙蒙的天，外婆在田里忙了很久才回家。恰逢我放假去看她，可她一脸倦容，不时地咳嗽。我劝她去看病，她不愿意去，药都没吃就又忙活开了。

这一病，就是很久。清明放假，我突然接到电话，我妈让我去医院看外婆。

我一下慌了。医院？

再见到她，她瘦了，脸色苍白地躺在床上，气若游丝。见到我来，她脸上有了笑容，安慰我不是大病，还给我黄桃罐头吃。

暑假前，她出了院，身体却一直不见好，吃得很少。我暑假就回老家做饭，一道丝瓜汤得到她的喜爱，说："养到这么大，终于吃到外孙女做的饭了。"

她和我一起看《天天向上》，看到汪涵做的一道凉面，第二天和我说要吃。可我是个"半吊子"，外婆精湛的厨艺我一成也没学到，面成了一坨，也忘了放盐，终是全都喂给小花狗了。

我还记得，妈妈让我给外婆洗头。我看着外婆瘦弱的身躯，拒绝了。

我后悔了。

我的外婆啊，忙碌了一辈子，辛苦了一辈子，节省了一辈子，没有享受到我的孝敬，没有住进我想以后给她买的大房子，没有吃到我做成功的面，就在那个寒冷的夜晚，永远闭上了眼。

我接到电话，一下子蒙了。我正欢欢喜喜收拾好东西准备看她，还有一天就放假了。可在那个夜晚，我连最后一面也没有见到。

元宵佳节，我失去了我的外婆，我的家。

那口棺材，摆在正中间，肃穆又悲伤。我倔强地不肯落泪，上了楼还是没忍住。

多想再见她，给她做一顿面，洗一次头，再叫她一声——

外婆。

十六岁的少女

作者：穆蕾蕾

"她走来／断断续续走来／洁净的脚印／沾满清凉的露水……"十六 岁的少女，清新无尘，让人沉醉。旋律不断播放，少女不断走来。十六岁，恰是酒饮半酣，花开半妍。而十六岁的少女，如同一帧帧对世界播放的纯净画面。

那是时间驿道中最美的一段，走在其中，叶正翠绿，花正初绽。少女清新无比，眼眸清澈见底，世界也因她的存在倍增美妙。更多时候，少女浑身散发着羞怯，让人想到梭罗的一句话："我们天性中最优美的品格，好比果实上的粉霜一样，是只能轻手轻脚才得以保全。然而，人与人之间就是没能如此温柔地相处。"十六岁，就是那未被世界触碰，也未曾触碰世界的粉霜，让人一靠近，就屏气凝神，并感到那些触动心灵的事物，有时是何等轻柔无声。

十六岁的少女用最含蓄温柔的方式和这个世界相处，但现实却未必能用最温柔的方式对她。所以，这也成了最容易凋零的花季。

小时在乡下长大，没人有条件和耐心去懂青春期孩子的心理，致使

第五章　爱在青春里打滚

青春期少女最美的情窦初开，却成了致病的因子。记得小姨十六岁时，眸如点漆，肤如凝脂。她穿着一件雪白的衬衣，两根乌黑的辫子垂在胸前，走路就轻轻跃动。无论是学习还是容貌，小姨当时在班上都是佼佼者。可上高一时，她喜欢上班里的一个男孩，两人眉来眼去，大概都有点意思。但后来男孩转学走了，和她并没说一句话。

她就病了，从此再也不去学校。家人问她，她也羞于启齿。她学习那么好，却会无端弃学，家人开始觉得她有病。相互间无法沟通，只剩下谩骂和指责。最后，在一次吵架后，家人竟把她送进了当地的精神病院。进了医院后，她就真变"傻"了。回来后，整天把床单披在身上当戏服，独自对着房间的白墙，唱《白蛇传》中的"断桥"片段：

"西湖山水还依旧，憔悴难对满眼秋。霜染丹枫寒林瘦，不堪回首忆旧游，忆旧游……"

我曾听得泪水涟涟，而到后来，就连一首曲子都听不完整，因为她记忆的"版块"已经被药物彻底损坏了……

我比小姨小不了几岁，我比她幸运的一点是，我感到自己被什么东西遮蔽，从小就想方设法找书读，借此自我引导。十六岁那年，我正在离家几十里地的县城读高一。短暂的假期除了干活儿，和周围人也无法交流。于是，常搬个小凳子，坐在老家用水泥砌成的猪圈顶上，对着月亮唱歌。那些歌曲里复杂的感受，我并没有经历过，却时常觉得借着那些歌词，我把各种人生都体味过了。

在学校，我也不是中规中矩的好学生，不爱读那些正式的课本，却整天往县城书店钻。书店到学校也有三里多地，我常在这些路上慢慢地走过去，再走回来。那种去买书和抱着一本书回来的心境，仿佛是和思慕的另一种世界相逢、交流。

那时，每一期《读者》杂志我都必买，我常觉得这世上如果没人像书中人那样，用豁达睿智的方式和我说话，生命简直要因得不到浇灌而干涸死亡了。

当时买书的钱，都是从饭票里省出来的。

记得有一阵子琼瑶很火，书店里有许多她的小说，而我买不起八九块钱一本的小说。于是，冬天就站在书店里看琼瑶的小说。那家书店的老板人真好，他从不嫌弃学生只看不买。

书店人多时，我就从红色的木质柜台退到门口的房檐下。冬天出太阳时，消融的冰凌滴下的水从脖子上灌进去，让人猛然一个激灵，醒神但却一阵透心凉。有一次，我连看了四五本书，实在觉得对不起老板，就花6块钱买了一本《梦的衣裳》。可书那么薄，我一个晚上就读完了，早晨醒来心里又空空荡荡，不知道没有书读的世界，自己该往哪里去。

于是清早起来，抱着这本《梦的衣裳》，撒腿就往书店跑。跑去书店还没有开门，等到开门了，就对老板说："这本新书，我可以给你添点钱，再换一本书吗？"那时，根本不知道这世上还有退换货这回事，所以老板给换了，就对他感恩戴德，觉得他是这世上最慈善的人，甚至在工作后还去那个书店看过他。

可是，我把他认得清清楚楚，那么多学生在那里看过书，他望着我的眼神，分明早就不记得了。

乡下的日子枯燥贫乏，但乡下的孩子又自得天地滋润。

记得每次骑30里地回家，都要经过故乡那片万亩果园。春天苹果花开时，果园美得跟梦幻一样，我就像个天生地养的野孩子一样，边骑车边放声唱歌。

那时，常觉得胸中翻涌着无数旋律，似乎我要是能把它像谱子一样誊写下来，就是美妙无比的歌曲。

可当时也没有识谱的条件，就是任那些旋律冲撞着心房，时而欣喜若狂，时而热泪满眶。如今这个幸福的年代，孩子们的物质和精神都极大丰富，再也没有人像我们，为买不起或者找不到一本书而焦虑恐慌，更少有青春会被闭塞和不正确的引导吞噬埋葬。但一代代的青春之花，就是这样真实地开而又谢。

十六岁的每朵玫瑰都会死去，但它的香味却会凝入时间，永不消散。那些芬芳四溢的和未曾绽放的，那些已经隐没的和正在显现的，总是会在怅惘的回顾中，跌入一段旋律注定的结尾："当我意识到时，她已去了另一个地方，那里雨后的篱笆，像一条蓝色的小溪……"

第六章 ——

青春是朵着雨的时间

有人总说时间是一剂良药，再多苦难和美好，都会如同岁月的荒草将一切往事掩埋。
我也慢慢领悟了这个道理，但在我很嚣张的青春年华，确有很多很多都已忘记，而
剩下的是刻骨铭心，便是一生也无法忘却的。

参照物

作者：刘光敏

"人比人，气死人！"——人往往在自觉和不自觉中喜欢把别人作为参照物来比较。

记得在小时候，同院的大伯家有一个姐姐，三伯家有一个姐姐，两个姐姐均比我大两岁。两个姐姐年龄比我大，长得比我高，割猪草时手脚自然比我麻利，割得比我快；力气比我大，找柴时比我背得多。在我够不到灶台还不会做饭时，她们会做饭了；在我洗不动衣服时，她们会洗了。那时的家长在意的是劳动能力，妈妈的口头禅是："那两个娃儿真能干。"

即使那两位姐姐和我上同一个年级，小学毕业时她们连镇中、农中都没考上，一个村就我一人考上县级高中，也没让妈妈感到自豪。我的童年虽然也有童趣存在，但感觉是不轻松的。这份不轻松来源于妈妈把比我大两岁的姐姐作为参照物。

在我上高中的时候，那两个姐姐就都有人家用丰厚的聘礼来提亲，之后就结婚了。一家用聘礼给弟弟翻新了房子，一家用聘礼给结婚的哥哥买了家具，而妈妈还得种菜、卖菜给我准备学费、生活费。高中之后，我还继续上了两年。成家时，年轻不懂。用现在的词来说，就是裸婚。裸婚的程度是两个人一无所有，奔生活奔得水深火热。那两位姐姐因为夫家开起了家具厂，俨然少奶奶的样子。

妈妈一边心疼我，一边忍不住埋怨："咋读了书的还比不上没读书的哟！"在我心里烙下了对家里愧疚的阴影。从此，我努力工作，宁愿亏欠自己也尽力回报父母，就怕周围的人也认为读了书的比不上没读书的，读书没有用。

在工作方面，因为自己经历了曲折，后来从事教育工作是"半路出家"，非教育教学科班出身，就怕别人说："非师范和师范专业还是有差距的！"所以从不敢懈怠。20多年过去了，在工作中虽不是尽善尽美，但没有误人子弟，且小有成绩。

在以后的上班时间中，我做的也是我喜欢的工作。业余时间，阅读我喜欢的书籍，写写我喜欢的文字，余生都可做喜欢做的事，何苦把谁作为参照物呢！

比较的另一种角度是督促，现在希望我成长得更快的文学老师们也常把谁作为参照物，表扬、批评均不离此。1995年，在一个大学毕业之后，为生计奔波，为家庭所累，文学梦的萌芽被掐断。直至娃儿上大学之后，在2016年才重拾这个梦想。

自己反思在重拾梦想的这两三年，小有进步，虽然离目标还很远，但在一点点地靠近。需要学习的东西很多，能约束自己，克制惰性，每天都有收获。对别人的成绩真诚地祝贺，羡慕不嫉妒，不自我鄙薄，不自我放弃。

我觉得这样的状态挺好的，不必把谁作为参照物。每一个人都有优点、缺点，性格也各有特点，处事风格即使有些自我，只要不影响他人就无伤大雅，人品、人格魅力自在他人心中的天平里。有梦想，那就奔跑。

"不与别人争是非，只与时间抢未来。"不把别人作为参照物来衡量自己。如果要有参照物，那就只把昨天的自己作为参照物，今天与昨天相比有成长，今天没虚度就好。

138

喇叭声声牵旧情

作者：傅安

转瞬之间，中华人民共和国已成立70周年了。其间有许多切身经历，总是会让我们终生难忘。比如，那记忆中的广播喇叭，就曾经伴随着我们，同祖国一起成长。

我最早听到广播，是在怀远镇上。

那是20世纪60年代中期，国家开始发展广播事业。怀远镇上，每隔几间铺子挂着一个喇叭箱，每天定时播放新闻和娱乐节目。因文化生活贫乏，广播便成了众人喜爱的宝贝。

我家位于怀远镇西门外的周家碾，离镇不足一华里。大伙儿只要有空，即便无东西买卖，也喜欢到镇上去转悠，目的就是去听广播，找娱乐，长见识。于是，我也经常屁颠屁颠地跟着大人们往镇上跑。

不久，队里的"知识分子"方顺田幸运地当上了怀远广播站的播音员兼维修工。正赶上广播站扩大播放功率的机会，队里便请他帮忙，将广播线牵到了村子里。

最初，安个喇叭箱子，要收十来元钱的钱路费和喇叭费。在手电筒尚且不能普及的年代，队里好些人家便安装不起，只能听别人的"耙货"。为方便隔壁五保户张大爷，父亲便将我家的喇叭箱子安在了门外的檐柱上。

有了广播，与外界的信息沟通了，人的生存状态和精神面貌随即发生了很大变化。首先是能以广播作计时器，每天起床、出工、吃饭、睡觉，开始有了规律。

其次是只在家中坐，世界心中装，秀才不出门，全知天下事。再次是通信便捷了，如开公判大会、发通知什么的，只要在广播里一吆喝，就啥事都解决了。最后是每天早中晚广播，丰富了群众的文化生活。大伙儿开始关心国家大事，议论天下兴亡，牵挂世界人民，思考自我生存等问题了。

广播给大家带来好处的同时，也给大家带来了困惑。大家的疑问多了，但答案却跟不上，搞得乡下人也有点"多愁善感"起来。每遇雷雨季节，总有广播被打坏，因接触广播线而遭雷击的事也时有发生。特别是有小孩子的人家，一到雷雨季节，就不敢听广播。

某年夏天，我刚睡下，天就开始下雨，先是刮风打闪，接着是打大雷。我怕广播被打坏，就赶忙起来拔地线。不料，刚把手放到地线桩上，一个炸雷打来，猛地将我炸出两三米远，被重重地摔在地上，那情形实在是很恐怖。

有了广播，也就有了是非。某些四合院，因经济原因，共同安装了喇叭。时间久了，有人觉得喇叭没安在自家房柱上，距离远，听不清而吵架；有不太喜欢广播，嫌吵得慌，偷偷切断电线的；有寻报复，故意破坏别人喇叭的；有小娃娃喜欢喇叭上的磁铁，偷拆别人喇叭的；有自己喇叭坏了，不愿出钱换，偷换别人的；有为了换几个钱，专门偷割广播线的。总之，时间久了，因广播而生出的是非在乡村里便日渐地多了起来。

进入 70 年代，各地高音喇叭盛行，家庭小喇叭开始减少。许多人家的喇叭坏了，便不再修理。有孩子的人家干脆拆了磁铁，给孩子当玩具耍。有不少人家，将广播电线拆下来，拉在柱子或大树间晾衣服，或用来捆东西了。

乡村喇叭最"疯狂"时，是农业学大寨那会儿，几乎"三步一岗，五步一哨"，到处都是。声响之大，数里外都能听见。那阵子，公社、大队、生产队，大会小会，大小领导讲话，无论啥事，都拿到广播上去整。我家房后有棵大麻柳树，开始时，当队长的父亲按要求在上面挂了个高音喇叭，每天吵得全家人说话如同喊号子，听什么都耳背，除了喇叭声，啥都听不清。

后来，实在受不了了，父亲便安排人，在田坝里栽了根电杆，将喇叭移了过去。不料，它还是每天吵得大家不得安宁。许多次，我做着唱歌跳舞的美梦，醒来却是喇叭在欢唱。也许是实在招架不住了，有人便开始破坏高音喇叭。

如今，广场音响取代了高音喇叭，电视独占了视听领域，听广播的人越来越少，有收音机的人也很稀缺。除了晨练的老人和出租车司机，能坚持听收音机和广播的人，已经极少。

2018 年，我坐出租车时，听了几段不错的广播，竟有了一种重回当年的特殊感觉。回家后，我便买了个小收音机，一有空闲，便打开来听上几段新闻、相声、歌曲等，感觉非常不错。汶川大地震时，我的收音机起了很大作用，它第一时间向我报告了灾区的最新消息。那天晚上，在外躲地震的许多人，围着我听收音机，向我打听前方消息的情景，竟使我猛然意识到：收音机和广播，原本是不应该离我们远去的呵！

经济腾飞了，许多记忆成为永恒，也成为淡淡的乡愁。

六月的天空

作者：书香识人

六月就这样不经意地来了，阳光照在身上使人感到火辣辣的，就连风中都带着一股热气，让人头晕目眩。对六月的酷暑，村庄最先有了反应，它以高大的树木为伞，撑起一片片浓重的绿荫，希望能遮挡住强烈的阳光。但头顶炎炎烈日还是让人热得透不过气来。

在这个炎热的季节，我们初三的学生正在同时间赛跑。下个星期就要中考了，它是我们人生中的第一个转折点，怎能不使我们感到紧张呢？身边的同学都在茫茫书海中争分夺秒地拼搏，而我却无心学习，心烦意乱。

我望着窗外，天空没有一丝风，太阳像一个大火球一样高挂在空中，花草无精打采地低着头，昏昏欲睡。我的脑海里浮现出大哥前两天对我说的话："小妹，下个星期别去考试了，和我一起出门打工吧。咱们这个家庭状况你又不是不知道，就算你考上高中，一学期学费一万多，谁能负担得起？"

这个世界上有太多我们无能为力的事情，比如命运。

我在单亲家庭中长大，所有的经济来源全靠周边人救济。由于家庭的原因，我从小就比较自立自强，自己决定的事情，就算九头牛都拉不回来。

记得我上四年级的时候，家里穷得实在揭不开锅，母亲只好让我辍学在家做农活儿。当时，看着身边同龄的孩子开开心心地去上学，我只能眼巴巴地望着他们，心里却非常不服气，我扪心自问：凭什么别人能上学，我却不能？

为了能够重返校园，我请求身边的大人帮忙，看是否能够在学校里谋一份差事。功夫不负有心人，当时学校刚好有一位女教师招聘保姆。我欣喜若狂，立马应聘了这份工作。后来，我就一边带孩子一边借同年级的书学习。

也许是我的诚心打动了上苍，我工作没多久，学校传来了好消息：为了让所有贫困生都能够上得起学，国家实行了"两免一补"政策。我终于可以重回校园了。

然而这一次，我没得选择，我必须在中考结束以后放弃我的上学生涯，从此正式成为社会人。

人生总会有一些无可奈何的选择，让人身不由己，言不由衷，但又不得不去面对。既然该发生的总会发生，那就要以最好的姿态去面对接下来的每一天。

想完了这些，我暗暗地下定决心：我要努力拼搏，好好学习，尽管到头来也许一切为零，我也不想让自己的初中生活留下任何遗憾，我要为自己的学业画上圆满的句号。

一眨眼间，一个星期过去了，我以积极乐观的心态参加了中考。考完试以后，我回到学校，看着周围熟悉的一切，我才意识到要拜别自己的母校了，要拜别给我欢声笑语的学习生活了。

六月的天空依旧是那样热，就连鸟儿也热得藏了起来，只有知了在拼命地打开喉咙叫个不停，仿佛这个季节就是它的舞台了。

中考成绩很快就揭晓了，我的成绩刚好比重点高中的录取分数多了10分。这个好消息于我来说，是一个无奈的安慰。

生活总是喜欢跟人开玩笑，有时候它给了你希望，却又让你无能为力。

家里人看了我的成绩单，还是无奈地告诉我："高中费用太高了，若上了谁供得起呀？你已经不小了，该替自己的未来着想了，出门挣点钱，到时……"没等他们把话说完，我忍住即将流下的泪水跑了出去。

天在很高的地方幽幽地蓝着，地在很近的脚下深深地黄着，而我是如此渺小无助，世界上没有一个人看到在一个苦涩的夏天里，那个落寞的小女孩怎样无望地看着天空，悲伤着自己的悲伤。

当这一切已经成为事实再也无法改变时，我强忍着，把自己的泪水流在心里，我要用它来滋润苦涩的人生。因为我知道，哭只能使自己失去更多，还不如坦然地面对。

经历让我明白了，其实生活原本是简单的，人因为不懂得舍弃，才会有很多痛苦。我们的未来没有人能够预测，我也不知道今后的路该怎样走，过去的就让它过去吧，永远不要回顾；未来的等来了再说，不要空想；我能做的是抓住现在，用我现在的本领，做我应该做的。

就这样，在这个六月里，17岁的我背上了行囊，背井离乡开始了我的打工生涯。我再也不会用多余的时间去埋怨生活，而是努力在工作生涯中创造奇迹。

格桑花开

作者：王维新

我上初中时，我们教室里有一盆格桑花，大家每天给它浇水，希望它能开出美丽的花朵。我们初一 (2) 班共有 32 名学生，教室设在四楼的南头。小华同学腿有严重残疾，他自己无法从一楼爬到四楼去。班主任把我们几个男生叫过去，商量如何解决小华上楼的问题。

最后议定，每天由我们几个男生轮流把小华背到四楼教室；放学了，再把他背下来，送到校车上。

小华由于患病，休学了两年多，他比我们大两岁多，个子高，身体胖，有 120 斤。每次背他上楼，我们瘦小的身躯好像背着一座大山，我们咬着牙，涨红脸，每向上跨一步，都要使出浑身的力气。

到了楼上，我们浑身就像从河里捞出来的一样。尽管如此，同学们毫无怨言。就这样，坚持了一个学期。

暑假之后，秋季开学的时候，没有见小华来报到。我们都想念他，去找班主任。她也正为此事纳闷儿。

放了学，班主任领上我们几个学生去家访。小华住在一个厂区的家属院里，他父亲原来是这个厂的工人，下岗后给一个私人老板开卡车跑运输。家里还有一个 80 岁的老奶奶，满头银发，耳朵有点聋。他母亲在医院打扫卫生。

我们来到小华家里的时候，他正在一个狭小的房间里复习功课。桌子上堆满了课本、复习资料和作业本。见到班主任和我们几位同学，小华两眼放光，显得特别兴奋。

他拄着拐杖一蹦一跳，要去给我们倒水喝，被我们制止了。

我扶他在那把破烂不堪的旧椅子上坐下，和他说话。班主任用亲切和蔼的目光看着小华，对他说："小华同学，老师和同学都很想念你，你怎么不来上学呀？"

小华的目光里有一种激动的神情，沉默了片刻，他缓缓地说："我也想念老师和同学，我也想上学。可是，当我想起趴在同学瘦弱的背上，看到他们涨红了脸和脖子，背着我艰难地向楼上攀登时，我的心里非常难受。我实在不忍心让他们那样背我，所以，我决定不去上学了，就在家里自学。"

听到这里，班主任拉住小华的手，急切地说："你来上学吧。"

我们几个也七嘴八舌地劝他，我们说："你不要发愁，你有困难，大伙帮助你解决，我们就是抬也要把你抬到教室去。"

小华的眸子里，噙满了晶莹的泪花，一时说不出话来。

从小华家出来，同学们表示帮助小华要"八仙过海，各显神通"，班主任更是马不停蹄地去找校长汇报小华失学的情况。校长也是个热心人，他说："我们学校的学生一个都不能少，怎么也不能让他失学。"后来经过协调，把一楼一个年级的教室和我们做了对调。我们搬到了一楼。小华从校车上下来，我们就推着他的轮椅进了教室。小华又和我们一起上学了，我们真高兴。

我们教室的格桑花真的开了，非常美丽。

为你守候

作者：别山举水

等待是一生中最初的苍老，是令人日渐消瘦的心事，是举箸前莫名的伤悲，是记忆里一场不散的筵席，是不能饮不可饮，也要拼却的一醉。

这是席慕蓉的一段话，我在年轻时就曾看到。虽然那时的物质匮乏，虽然那时的人生并不顺遂，但那时的容颜不曾衰老，那时的心境不曾沧桑。可是一读到这段文字，我还是心中一痛，莫名地伤感起来，仿佛预知到在不久的将来，在很久以后的将来，在不断走过的人生里，必将是一场场告别和一场场等待，交替而来。

那些在生命各个进程中出现的，有意或不经意的，或者一朵盛开的花，或者一片飘落的叶，或者一只飞翔的鸟，或者一块静默的石头，亦如那些来了又走的人，在多年以后，在某个回望的瞬间，也会让我们停下脚步，开始一场寂寞的等待。

其实，再怎么等待，它们又如何能回来。我们只是想再看看那如花的青春，那随落叶飘逝的心事，那如鸟般雀跃的岁月，那如石头一样沉重的深情。

以及那些年纪遇到又走散的人。

而你，一来，就侵占了我的灵魂，而我，一转身，就陷入了你的真心。正所谓，一见如故者，不说日久见人心。正所谓，三生有幸者，不叹一生一世一个人。

相识相随，执手相亲，走过异乡热闹的大街，走过艰涩困厄的人生，走进内心深邃的恬静。

终究，相逢的岔路就是离别，离别的尽头只能是守候。你走了，带走你那一低头的娇羞，带走我来不及掩盖的伤口，让我开始一场生命倒计时的等候。我的青春变了色，我的心事无处诉，我的岁月不堪回首，我的深情白了头。

只是，尽管没有回响，只要没有遗忘，又哪里是真正的离别呢？只是，哪怕岁月到了尽头，只要心中存着念想，又哪里是缘分不够呢？

虽然早已没有你的身影，没有你的声音，那倔强的痴狂，那满腔的落寞，总是化作一纸的虚妄，在每一个念你的日子徜徉，涂抹出一世的忧伤。

你在何处漂流，能否倒映出我的消瘦？你在何处回眸，能否看透我的忧愁？你在何处驻守，能否听见我的喋喋不休？

我不顾我的苍老，我不怜我的伤悲，我停箸举杯，拼却一醉，再也想不起，那个当初，你离去的理由。

只是痴痴地，傻傻地，问了又问，求了又求。

我的等候，还有多少个秋？

你的快乐，一定要永永久久。

谢谢你来过，不曾遗憾你离开

作者：思君

夜已深，白日的喧嚣已悄然褪去。窗外霓虹在这座城里静谧地闪烁，我斜靠在窗边凝望着蓝琉璃瓶内的桂花出了神，暗香似流云一般漂浮在房间的每个角落。这芬芳似乎也飘入了我的心里，那是一种沁人的香。

这个城市熟悉又陌生，我在这里长大，因求学而离开。阔别几年，重回故里，我竟有些生疏。极目望去，依旧是老街、小店、麻辣烫……

毕业后那几个月，我的心空落落的，似乎有一个大洞，风一吹就生疼。但也寻不出哪里残缺，直到桂花的香气灌入我的鼻中。我知道，在这座城里少了那个与我同悲喜共开怀的人。

我们在那个六月散落在了天涯，不会再在一起开怀畅饮，挥斥方遒；不能相互拥抱抚头安慰；不能彻夜长谈激励备考。

原来，这城还是这城，只是我不再是原来的我。我的记忆里有了你的欢笑、泪水，有了属于我们的青春……这城市还是依旧繁华灿烂，车水马龙。大家都行色匆匆忙于生计，没有人再愿意听你的枉自嗟呀。于是，后来，我总在这座城的深夜闻着花香，想念着另一座城市的你。

第一次见你，我们都年方十八，稚嫩的脸上带着对大学的憧憬、对未来的向往，我们宿舍一共四人，我们俩是最先到的，你很自来熟地挽着我的手说："听说我们学校有许多桂花，等到有时间，我定要给你做桂花糖，酿桂花酒。"

　　我本来就是一个不善交际，十分腼腆的人，但是对于别人的主动示好，我向来是很开心的。所以，我们就这样成了好朋友。尽管大学四年里，我一次也没有吃到桂花糖、喝到桂花酒，但这一点也不影响我们两个的感情伴随着时间流逝而愈加浓厚。

　　你是江城本地人，而我是外地人，过节总是孤苦伶仃的，没有家人陪伴，也吃不上任何好吃的。所以，你总是游说我要我去你家，然后你的爸爸妈妈总会做上一桌子好吃的。在大学四年的时光里，你家的温暖不知道抚慰了多少次我这个游子漂泊的心。偶有几次，我不好意思去你家，你也总会为我带来你父母精心准备好的应景食物——端午节的粽子、咸鸭蛋，中秋节的月饼和大闸蟹……其实，我一直想对你说，四年的青春遇见你，何其有幸。

　　我们形影不离，就像是失散多年好不容易重聚的亲姐妹，一刻也不愿意分开。你的年龄比我稍长一些，但也仅仅几个月而已。但是，你俨然是一副大姐姐照顾小妹妹的模样。你会每天早上督促我早起吃饭，然后让我背单词。你督促我减肥，还说不要在最美好的年纪拥有最差的身材，却又总会默默地将外面买到的好吃的给我带一份儿。

　　我还有一个最大的毛病，就是自己的鞋带怎么也系不紧，总是走两步就松开了。不知你是实在受不了我这个毛病，还是真的把我当作一个小妹妹，每到这时，你都会一边抱怨我一边蹲下去帮我系鞋带。我总觉得自己是幸运又不幸的。原本选择异地求学就是为了离开父母的保护，独立地成长。幸运的是我遇见了你，你像是我的家人一般保护我。不幸的是，我独立成长的事看来注定是"一场空"。不过，我乐意之至。

年少的我固执地以为我们会这样吵吵闹闹下去，那时还不懂得世间一切因为缘分而聚的东西，终会因为缘尽而散去。毕业时，我是第一个离开宿舍的人。清晨，第一缕曙光照在宿舍里，我蹑手蹑脚地起床，悄悄地拿好已收拾好的行李。你们还在安睡，兴许是昨夜的啤酒狂欢起了些效果，我轻轻走到你的床边说了句："再见了，我的好闺蜜。"

我在心里告诉你："对不起，我见不惯别离，更经不起月台上的泪光闪烁，从此天涯路远，各自安好。"

我拿起行李走到门口，手放在门把手上，又回过头环顾了一下四周，我俩入学时的合照还是安静地挂在墙上。我抿了抿嘴唇，转身打开门，慢慢地将门合上。我看着熟悉的人和事就这样一寸一寸地消失在我眼里，眼泪夺眶而出。

那天早上，微风徐徐，蝉鸣依旧在耳畔回荡。我转身看了一眼宿舍，就像是一个传教士在做最后的祷告。那一天的场景时常浮现在我的眼前，历久弥新。

提笔写到此处，桂花的香气徐徐飘来，我仿佛又看到你真切地出现在我眼前，那么温暖。今夜，月光皎皎，星星几颗。这座城市的人们都已安然入梦。我依旧安好，只是有些想念你。

青春就如一辆呼啸而过的列车，我们在某个站台相遇，谈笑风生。天真地以为真能时光永驻，直到永远。只可惜有些故事在一开始就已经书写好了结局，我们终究只能彼此相伴一程，最后奔向各自的远方。也许我们都还来不及道别，蓦然回首，我们都已渐行渐远。

有人总说时间是一剂良药，再多苦难和美好，都会被时间掩埋。我也领悟了这个道理，但在我很嚣张的青春年华里，确有很多很多都已忘记，而剩下的是刻骨铭心，便是一生也无法忘却的。

一张旧相片

作者：陈理华

那时青春年少的我正在小湖中学读书。也不知是一九七几年，小湖正在修建大桥，学生也参与到建设当中去，我们主要是从河滩上挑鹅卵石和沙子。

到了一九七五年，大桥就建成通车了。记得十月一号头天，傅桂秀老师让我明天与几个女同学去公社帮着泡茶招待客人，地点在茶厂。

这天，吃过早饭，我们几个女孩就去了。到了那儿，有好多人在忙着。他们做饭的做饭，擦桌子的擦桌子。看到我们到了，就有人指挥我们到哪里拿茶叶，到哪里抬一筐茶杯来洗，还有要到哪口锅里舀开水……

我们正洗着杯子时，公社有位领导走来说："你、你、你，你们三个学生不要洗杯子了，快点去剪彩！那里没有人。"我们放下手里的活儿，跟领导来到了大桥头。看到姚春霖书记和好多人都在桥头那儿，我一到就有个人把装有一朵大红花的托盘塞到我手里，并叫另外两个女孩牵着花两边的红绸站在大桥两边。

鞭炮响起，剪彩正式开始了。好多人在那儿看着，还有拿着相机的记者拍照。我美美地捧着红花，姚书记拿着剪刀开始剪彩。不到五分钟，这仪式就结束了。

我一个农民的女儿，参加了剪彩，这可真是机缘巧合哪！

后来，大伙就站在桥头临时搭起的一个主席台前开会。台上坐着好几个领导，台下黑压压的全是人。我们听领导们一个个地讲话，跟着大喊口号……

几天后的一个早上，来学校上课的松成就指着我对建明说："公社里挂着的大相片就是她！"从此，我知道我有那么一张相片，但是我没有看到过它。

好多年后，我开始在报刊发表文章。有一次，看到一家报纸在征集旧相片。此时，突然想起，我曾经有一张好有意义的相片呢！

于是，就想着去找当年的姚书记，我想他肯定有。可是，姚书记不是那么好找，他早就从公社调到县里当法院院长了。

好在我知道他有个高我两届的儿子姚进生，通过他的同学要来了电话。

有一天，我给姚学长打了电话。他很热情，马上给了我他老父亲的电话，并说父亲年纪大了，耳朵背。末了还对我说，回家时会帮我问下……

随后，我打通了姚书记的电话，老爷子果真听不清我的话，沟通了许久，终于明白我要找的东西，他说他没有这张相片。本来以为这件事无望了，哪想有次我遇到了书记貌美如花的小女儿，抱着一点希望，又问起了相片的事。

她说父亲所有的相片都一张张地收藏在相册里，她会去看有没有，会帮我找。我以为这次有希望找到，哪知几天后她在群里对我说没找着我要的那张相片。自此，我好像是彻底死了要找这张相片的心了。

几个月后，姚书记的女儿在女子书法群里发来了那张我"踏破铁鞋无觅处"的相片。她在群里说，姐姐，这张相片是从澳州找回来的……

相片里，时光不会衰老。这张黑白照片，是我曾经的岁月，心底的靓丽青春；也是我一川烟雨，漫山风絮的水墨……

真的好感谢姚书记的儿女们，没有他们的帮助，我是永远也看不到这相片的。当然，也要感谢那个不知名的摄影师，是他为我留下了一张那么美的相片。更要感谢我自己的执着与勇气，才拥有了这一方定格了的精彩。

155

她的青春

作者：月染溪

再次遇到她的时候，她的怀中抱着孩子，散发着母爱的光辉，更带着岁月沉淀后的优雅和从容。而旁边她的丈夫，动作格外温柔，逗弄着宝宝。在夜风微凉的小道上，三个人构成了温馨的图景。

我走上前去打招呼，她抿嘴一笑，嘴角泛开如玫瑰花瓣一般。恍然之间，她已然把自己变成了从泥泞土壤里孕育出来的美丽的玫瑰花。

夜风吹起一片绿叶，仿佛卷入了一场回忆。那是一个少女如何变成一个独立坚强的女性的心事，我无法触及。但很庆幸的是，她终究从那段黑暗的岁月里走了出来。

小时候，她的父亲在外承包工程，而母亲在家守着她。其实，若是岁月可回头，这样的日子简直可以称为现世安稳。但是，距离产生隔阂，恰恰是她考上了重点高中的那个暑假，父亲不光带来了一个女人，还带来了一个小男孩。

晴天霹雳也不为过，那个时候呀，少女的心里不仅充满着憧憬和希冀，更带着迷茫和无助。心里的困兽仿佛一不小心就要跳出来，去指责这个世界的不公平。

之前，她好像我们的大姐姐一样，总是带着我们玩，脸上也总是带着天真烂漫的笑容。但是，渐渐地，她笑得少了，眉宇之间总是不快乐。后来，她躲在房间里，也不出来和我们玩了。她总说是课业负担重，我觉得并没有那么简单。

后来听说，她的父母离婚了，她被判给了母亲，父亲去了别的地方。从此，她的世界里就缺了一块。我想，那得多难受啊！她自己也是一个姑娘，哪里不希望被人疼惜？

整个高中，她就像突然长成大人一般，凡事都得自己决策、自己完成，甚至连大学的志愿填报也是自己写的，大学也是自己去上的。在大学这个充满诱惑的地方，她没有被外界迷惑，只管埋头走自己的路，很踏实。

这样的姑娘，就像是在荆棘丛里，硬生生开出一条血路的勇者，她依旧是那个明媚璀璨的女子啊！该获得的荣誉一个不落。我零零星星地也听说了不少关于她的消息，心里只留下赞叹和敬佩。

我再次望见她的脸庞，就仿佛望着一段无法触及的青春。那段青春里，她咬牙哭过，撕心裂肺过，但始终不曾辜负过。

我问她，怎么会想到去当医生的？

她的表情淡淡的，说话同样云淡风轻，仿佛讲述着别人的青春。

当初，她的外婆突发心梗，幸亏送得及时，才救回了一命。而当时，她就在旁边暗暗祈祷，如果外婆救回来的话，她一定加倍努力，不再流泪，不再悲戚，而是试图用手握住自己的命运。

确实，纵使青春充满着雨季，唯有自己拼命过、抗争过，才可以说自己尽力了，才算对得起自己的人生。就像当初小小的她，不曾辜负青春，青春亦不会辜负她。她向我挥手再见，远去的背影格外美好。我想，她一定会是一个好母亲的。

我爱你，可是我不敢说

作者：张娜

总有一个人的名字，你会将它放在心里，念过千遍万遍。

有人曾说，暗恋是人一生最美好的感情，因为最纯粹，所以最难忘。

李商隐有一首诗里写道："直道相思了无益，未妨惆怅是清狂。"有"我爱你就好，至于你爱不爱我与我无关"的意思。哪怕我知道这样的相思对于身体没什么好处，对于自己没有什么意义，而我还是要这样做。真是执着到底。

可是，暗恋的酸涩，谁又没有尝过呢？

青春本就是一件乐在其中的事情，离开时，满是感伤，当时身在其中，不觉珍惜，再回首却又满心感慨与不舍。

我们虽是青梅竹马，却未有过多的交集。那时的我很羞涩，就连跟你说过的话都屈指可数。

直到上了初中，开学的第一天，我在分班的黑板上急切地寻找着我俩的名字。我多么希望，我们能够分到一个班。可是，事与愿违，我与你还是分属不同的班级。

那时我才知道，我的渴望其实就是喜欢，喜欢你的发型，喜欢你的衣裳，喜欢你微笑时温柔的样子。

虽然不在一个班，但我们上早操时会在一个操场，我偶尔会看见你。只要一看见你，我的心会不自觉地怦怦乱跳，紧张得无所适从，即使你并不知道。

暗恋一个人，会满心思地被吸引，制造所有跟你不经意的相遇。在你经过我的教室后边时，透过窗户，装作不经意地一瞥。会搜集关于你所有的一切，只要在能看到你的地方，偷偷留意你的每一个小细节和动作。

在旁人谈论你时，表面波澜不惊，内心却已翻江倒海激动不已。睡觉时，回忆关于你的点点滴滴，幻想着有一天可以挽着你的胳膊，大方地走在人群中。

为你改变自己，想要变得漂亮一点，变得优秀一点，只为能和你平等地站在一条线上。多年心如刀割的暗恋，一半痛苦，一半快乐。

在日记本里写下关于你的少年心事，在那些思念你却又不可得的漫漫长夜里，一遍遍地回忆你的点点滴滴，假设那些回忆带着你的气息。

当年岁渐长，分离在即，我想要告诉你我是怎样疯狂地恋着你。我的思念犹如二月的草长莺飞般填满我整个心田时，你却如断线的风筝般消失在我的世界里。

我一直觉得自己是一棵无人问津的小草，寂寞地生长在荒凉的阡陌。而你是明亮璀璨的太阳，有着熠熠的光辉。我不敢再奢望你回头看向我时，会有明媚的微笑。

暗恋最迷人的地方就是没有说出口，而暗恋最令人欣慰的就是我暗恋你的时候你正好也喜欢我。

我把青春消耗在你的身上，还不是想要和你在一起，想一起天荒地老。

我一直以为我们就这样，彼此别过，重新开始。

可是，再一次看见你，是在高中军训后的饭堂里。你拍了拍我的肩膀，我回头一看，又惊又喜。喜的是没想到还能再见面，惊的是我怎能以这样又黑又瘦的面容与你见面，实在是太尴尬了。可又能怎么样呢，世间的重逢，又怎能是你提前能安排的呢？

后来，我们还是朋友，会偶尔聊天。当我发现你已有喜欢的女朋友时，我的心一下子空了，像一座顷刻就倒下的大厦。

那句喜欢，终究没有说出口，就被吹散到了风里。

我在夜深无人的时候痛痛快快地哭了一场，也告别了这一场旷日持久的暗恋。

山有木兮木有枝，心悦君兮君不知。

暗恋是一个人的兵荒马乱，是心里纵有千军万马却无人诉说的悲伤。

未曾青梅，青梅枯萎，芬芳满地。不见竹马，竹马老去，相思万里。从此，我爱上的人都很像你。

年少时的感情，总是充满了太多的变数，一半是因为命运的捉弄，一半是因为年少的自己太自以为是。最后的结局，唯有错过。

我爱你，可是我不敢说。

第七章 —— 给青春一场远行

风风雨雨，岁月流年。你还能见到当初的自己？如果你能，一见喜地欢天，一见泪流满面。此时，即使在无月之夜，也是温暖满满；即使在无月之夜，也是阳光灿烂。

白衬衫，有关青春最美的句读

作者：江漓梦

青春的大雨劈头盖脸地淋下，有人慌乱无措，有人向往远方，谁也无法安然无恙地避过这场大雨。

如同夏日的雷阵雨，来时热烈，却戛然而止，恍惚间，就过了人生中的雨季，被推搡着前行，无论身后还有多少遗憾等待弥补，都不得不继续前行，没有回路。

每当想到青春，第一个浮现在脑海中的就是白衬衫。夏日的午后，落满阳光的院落支着一根衣杆，一件白衬衫迎着正午的阳光孤零零地挂在衣杆上。一阵穿堂风吹过，衣摆飘扬，衣架倒退到衣杆的边缘。

穿堂风裹藏着莲花的清香，徐徐地吹拂着，为白衬衫增添了一抹夏天的味道。

那是记忆中的白衬衫，穿在初一的小女孩身上。那是她的第一件白衬衫，也是她第一次剪男孩子般的短发。看着镜子中的自己，嘴角慢慢上扬。

转身拿起书包，就像出笼的小鸟轻快地飞奔到学校。室友们都很惊讶，甚至把她当成了男孩子。其中一个还在字典里写下了一句话："今天阿漓穿了一件白衬衫，配着短头发，很帅。"

后来，她无意间看到这句话，但是字迹的轮廓已经模糊了，一如记忆中日渐模糊的身影，只余下那晚鼻尖萦绕着——夏日的阳光混合着带着莲花清香的肥皂味。

有人说，白衬衫是初恋的感觉。正当最好的年纪，青涩的少年穿上白衬衫，迎着四月清晨的风，骑上白色单车，穿过人群拥挤的大街小巷，驶过热气蒸腾的早点街。在固定的地点，和朋友会合，嬉笑打闹着进入校园。

几年后，长大的姑娘想再穿一次当年的白衬衫，却发现衬衫已经短了，在岁月里，起了皱纹，泛了黄。站在镜子前，曾经的短发已经成了齐肩长发，再也没有当年那种雀跃，站在身边的也不再是当初的那群人。空荡荡的房间，只剩她，对着镜子，试图重回那年夏天。

然而，不过昙花盛开的工夫，青春就走远了，悄无声息地走远了。也许是在那年夏季最后一朵莲花凋零的时候，也许是在处暑后的最后一声蝉鸣停止的时候，抑或是在毕业照定格的那一瞬间，来不及再穿一次当年的白衬衫，青春就已经落幕了。

此后，秋意渐浓，酷热褪去，再也没有一场青春的大雨劈头盖脸而来。

最爱在夏日的午后，喝一杯冰的柠檬水，柠檬安静地浮在水面，映着阳光，一如白衬衫般清新纯粹。坐在学校附近的奶茶店，隔着玻璃门，看着放学后成群结队的学生，仿佛回到了青春的路口。在白衣少年的眼中，好似看到了自己。

为什么会怀念青春呢？大概是因为它虽有遗憾，但依旧美好。残缺的美好，就像维纳斯因为残缺而登上艺术的巅峰。

多想这一切都只是我在那年夏日的午后趴在课桌上做的一场梦。同桌用手掌轻轻地拍了拍我的肩头，在我耳边悄声提醒："阿漓，上课了，别睡了。"

梦醒了，蝉鸣依旧，老师抱着刚改完的试卷走进教室，空气中弥漫着粉笔书写时掉落的粉末，教室里明媚的脸，清澈的眼睛，夏日微风般的浅笑。

可惜，青春无法重来。不论多少次午夜梦回，都回不到那个蝉鸣的午后。所幸，我们都不曾辜负过青春，都在那段岁月里做着喜欢的事情，热烈而又坚定。

青春，不过一场大雨的工夫。此后，虽然淋过很多场雨，穿过不同款式的白衬衫，遇到过很多性格的人，仰望过很多地方的星空，却永远记得最初的那个午后。

秋风追随着夏雨，雷声震出涟漪。记忆中的院落，白衬衫依旧随风飘扬，泛着肥皂的味道，经久不散。

在最美的芳华里，绚烂绽放

作者：金明春

现如今，手机仿佛已成了我们身体的一部分。

我们在指尖的游离中，滑落了时光，淡漠了自己。那个嫁接在我们身上的物件，没有一点"排异反应"。它超越了我们自己的原有器官，代替了我们的脑和心。一旦离开，你便会失魂落魄。我们在一次次刷屏中，恍惚了自己。我们在一次次绽放微信表情时，那张真实的脸上却面无表情。我们淹没在碎片化的信息里，机械化地吞吐一个个泡沫。

一辈子最浪漫的事情，就是和你慢慢变老！你，是谁？是爱人，还有你的心。你的心走了，即使你还和你的爱人一起变老了，那也只是你的躯壳和你的爱人一起变老了，那只是变老了，那还算什么最浪漫的事情？那只是最符合自然规律的事情。

也许，时光是最好的滋养，也是最强大的腐蚀。时光，雨露般哺育着万物，直到它哺育的万物变得苍老或成熟。最懂得岁月的，最终成为香甜、熟透的果实。心若淡定，幸福自来。心若淡然，美好自来。在纷繁的世界里，慢慢懂得了做最好的自己。

有一部叫《无问西东》的电影，讲述的是 20 世纪 20 年代、40 年代、60 年代以及当下 4 个时代的几个年轻人，面对现实的迷茫以及自己的抉择。跨越近百年的 4 个故事，其实在我们身上，在我们身边人的身上，在离我们远去的人的身上，早已真实地演绎过了。

我们慢慢发现，我们失去了自己。越长大，越懦弱，扭曲自我，失去真实。什么是真实？我们听到，《无问西东》在说，真实就是，看到什么，听到什么，做什么，和谁在一起。

我们有多少人在被挫败时，还记起自己的珍贵，还能有效地抵抗侵蚀？我们有多少人在浮沉中，还记起自己的初心，还能有效地辨别南北？

我们不应该用功名利禄来衡量一个人的人生价值。在《道德经》第 44 节中，老子问我们："名与身孰亲？身与货孰多？得与亡孰病？"其实，老子不是问我们，而是在告诉我们。

青春的美好，青春的癫狂，青春的蓬勃，青春的美丽，青春的迷茫。我们一次次奔赴，却不知怎么样奔赴，才是奔赴自己想要的生活。我们找啊找，转着圈地找啊找，漫山遍野地找啊找，幸运的会找到一点内容，最终发现找不到自己。

每个青春的毕业季，都要走向自己的远方，鲜有人带着自己的诗。抛下多余的行囊，背上美好的行囊，扎实地一路走去，带着美好的梦，才会慢慢遇到最好的自己。

世界那么大，我要去看看。但是，走过万水千山，你才会发现，心才是我们永远的家园和精神故乡。

风风雨雨，岁月流年。你还能见到原初的自己？如果你能，一见喜地欢天，一见泪流满面。此时，即使在无月之夜，也是温暖满满；即使在无月之夜，也是阳光灿烂。

美好的传统，即使穿越千年万年，依旧闪烁着它的光芒。这些，我们曾被动摇的东西，依然屹立在我们民族的长河里。你，不用左顾右盼。它，应是我们民族的坚守。

总有一种经历，让我们难以忘怀。总有一种故地，让我们魂牵梦绕。总有一种过往，让我们刻骨铭心。总有一种情感，让我们泪流满面。

愿你阅遍世事沧桑，内心纯真依然。愿你走遍万水千山，发现还有一种风景是静好的岁月流年。

在最美的芳华里，绚烂地绽放。

小巷深深

作者：夜夜雨

那是一个冬日的夜晚。10点钟下了晚自习，我拉上领口的拉链，骑着自行车回家。刚出校园不久，天空飘起了片片雪花。

为了尽早回家，我蹬着自行车准备走那条小巷。小巷在居民区的后面，古老而又幽深。这条小巷，白天我经常走，但晚上独自行走还是第一次。雪花在狂风中打着转儿，我的心里有些忐忑。

我抬头一看，前面十几米外有个人骑着车正拐进了小巷。我咬咬牙，也跟了上去。很不巧，平时还有几盏路灯亮着的小巷，那晚竟然一片漆黑。我的心不由得一阵慌乱。犹豫再三，我还是依稀辨着路面，慢慢地蹬车前行。

我顶着寒风，小心翼翼地骑着车。突然，我听到前面"哐当"一声响，像是什么倒地的声音。我加紧力道，使劲向前蹬。

过了一会儿，一个声音从前方传来："快停下！"那是一个男声，短促中透着焦急。

我的心"咯噔"一声，怦怦直跳："难道碰上流氓了？！"我赶紧停下来，站在那儿，一动不敢动，颤颤地说："放我走吧，我把自行车和手表都给你……"

"我不要你的车和表！"声音离我越来越近，我紧紧地握着车把手，想掉转车头，又害怕。

"求求你，放我走吧，我身上还有一些零花钱，全都给你！请让我走，行吗？"我快要哭出来了，小声哀求着。

"别怕，我不是坏人。"声音靠近了。在黑暗中，我依稀看到一个男生站在我前方。

"前面有根电线杆子倒了，横在路上呢。我刚刚摔了一跤，所以过来提醒你一下。"

原来是这样，吓我一大跳！

"走吧。"他扶起地上的自行车，推着在前面走。"慢点儿啊。"他回过头来对我说。我紧跟其后。跨过电线杆，我们骑上自行车，继续前行。他在前，我在后，一直保持着几米的距离。不知不觉，我们就出了巷子。

到了大马路上，灯火通明。他停下车来，对我说："我要走这边，你呢？"在昏黄的路灯下，我这时才看清，他的背上也背着一个黑色的大书包。飘逸的头发，明亮的眼睛，长长的腿……

"我走那边。"我站在那儿，用手指着大路的另一边，看着他说道。

"那我们不能同路了。我走了，你路上小心点。"说完，他骑上自行车，飞驰而去。

我看着他离去的背影，愣在那儿。我还没来得及向他表示感谢，还没和他说声"再见"呢……

后来，我几乎天天骑车走那条小巷，期待能够再次遇到那个男孩，在那样的夜晚一同经过那样的一段路。

可是，再也没有遇见过他。一次也没遇上。

慢慢地，我就明白了：人和人之间的相遇，是一种缘分。我和他的缘分就只有那么一小段路程。无论这段路是长是短，我们都曾在一起经过，这就足够了。

有些人，注定只是生命中的过客；有些事，注定只是深藏心底的回忆。这段美好的回忆，常常在某个大雪纷飞的日子，带给我温暖。

青春里，那场无人知晓的远足

作者：张莹

那年，我 20 岁。那是师范毕业的第一个星期。

有初中同学的消息传来，考上大学了。那时候，中专很热门，只要考上，就包分配，有了所谓的"铁饭碗"，当时都很羡慕。

可是，我想上大学。但由于某种原因，我最终还是选择了中专。

当我听到有同学考上大学的时候，我的泪哗哗地流。躲在小屋里，趴在爸爸用木棍搭成的"床"上，尽情地让泪湿透了妈妈亲手做的枕头。

妈妈轻轻地敲门："莹，好点没有？"我没有应声，妈妈也没有说话，只听到她在外屋擀面条的声音。她又做手擀面了，她知道，我喜欢吃。

当眼睛里没有了泪水，脑子里的空白也渐渐有了影像。还有八天，我就要到那所乡村中专报到了。这八天，我该如何度过？

我告诉妈妈，我要去邻村同学家的时候，妈妈很爽快地答应了，而且，还给了我 50 元钱。这些钱，在当时是我们家近乎一个月的生活费。

我本不想要的，因为我积攒下的奖学金还有 20 多元呢。妈妈没听我解释，硬塞给了我。现在想想，是不是妈妈那时候已经知道，我要去远行了？可是，直到现在，她老人家也没有和我提起过这些。

是的，我对妈妈撒了谎，我是要去远行，我要去那所大学看看。

我要去的地方是济南，山东师范大学，距我居住的小村足有 500 里。而我长这么大，到过的最远的地方，就是距我们小村 60 里的沧州。

骑了自行车，出门，先把自行车放到邻村同学家里，然后到村边乘坐班车来到市里。

我舍不得再花一分钱，步行来到火车站。买了票，是下午 5 点多的票。

除了身上剩下的 40 多块钱，我什么都没带。坐在候车厅里，我看着人来人往。

终于等到火车开动。

我攥着票，心里忐忑不安，表面却要故作镇定。

车厢里，人很少，座位上寥寥无几的人。我找到自己的位子，坐下，看着窗外，一动不动。

车开动了，心，刹那间安静了下来。离开了这座城，似乎一切都与我远离，真好。

绿皮火车不紧不慢地向前开着，窗外有庄稼、房屋、烟囱，偶尔还能看到一群羊，在铁道下边奔跑着，是被主人赶着回家呢。

夕阳西下。车外越来越黑。鼻子忽然一酸，有一种要哭的冲动。

此刻，爸爸妈妈肯定也刚从地里回来，虽然很累，他们也肯定舍不得多花一分钱去买点好吃的。而我，却要花这么多钱，去做这样一场无谓的远足。我开始有点自责。

但终究，逃离的心思，淹没了我的自责，我继续期待着我将要踏进的那所大学。

到站了，天已经很晚了，我不知道学校在哪里，我也不敢乱跑。

我想要在车站等到天明。可是，广播里反复说着，闲杂人员不得逗留，我又怕了。

出了站，我漫无目的地向前走。看到了那么多的旅馆。我向里张望着，不知道该不该进。

不断地有人过来招呼："住宿吗？住宿吗？很便宜的，很干净的……"再三看过之后，我跟着一个小姑娘去了，我感觉，她可信。

来到一个旅馆，不大，二层，倒也干净。更重要的是，如果不吃饭，只要10元钱就够了。

我交了钱，来到二楼的小屋，只有两张床，一张桌子，被子很旧，有潮潮的味道。

我和衣倒在床上，没拉窗帘，看着济南的夜空，听着来来往往的车鸣，心揪得紧紧的。这一夜，该怎么过？

不知道过了多长时间，外面似乎安静了许多，我也迷迷糊糊睡了。

一阵稀里哗啦的钥匙声，惊醒了我。是那小姑娘带来了新的客人。此刻，天已经蒙蒙亮。我噌地起来，向小姑娘问了路，开始步行而去。一路走，一路问，我来到了大学的门口。

远远看着，我不敢进去。等有三三两两的穿着军装的学生进出的时候，我跟着走进了校园。

呵，好大啊，好美啊！

走在宽宽的校园甬路上，踩着偶尔掉下来的落叶，摸摸高大的树木，看着来来往往的学生，我笑了，仿佛自己是其中的一员，那么美，那么幸福。我全然忘记了，自己只是这里的一个过客，匆匆过客。

不知道自己走了多长时间，不知道自己走到大学校园里的哪个方位，嘹亮的军训号响了起来。我看他们军训，满眼的羡慕。而我，就要走了，就要回我的乡村中专报到了。

没有吃一口饭，没有喝一口水，匆匆地来，装下满眼的幸福，又要

173

匆匆地回，我原路返回了。

到家的时候，就要吃晚饭了，我一口气吃了三个馒头。妈妈淡淡地和我说了些什么，无非是报到准备东西之类。顺便问我，在同学家还好吧？我支吾着说好。也许，妈妈心里什么都明白。

七天后，我去乡村中专报到。没有人知道，我曾经是一个逃离的"准教师"。在逃离的时候，我终于懂得，有些事情是必须要做出选择的，而选择就是需要放弃一些东西，也许是物质，但更多的，也许是内心。

偶尔一次，和学校的老教师聊天，得知她也曾经有一段无人知晓的"逃离"。那是在她工作第二年的时候，相恋多年的男友宣布订婚了，而订婚的女孩却不是她。当时，她谁也没有告诉，一个人远远地去了塞外。后来，一个人又安静地回来了，就当什么也没发生一样，该怎样还怎样。她笑着说，有些东西不是自己的，强求来，也未必是好事。如今，她有帅气的丈夫、优秀的儿子，过得颇有滋味。

我的学生，与父母争吵，一怒之下，离家远行。父母担心、生气，大有不依不饶之势。我劝他们，他会回来的，原谅他，他会更好。在我们的忐忑心情里，他回来了。父母没有责怪他，只是泪流满面。我也没有说什么，只悄悄给他补了课程……似乎什么都没有发生一样。再后来，他接到大学通知书，给我发 E-mail 说，感谢我，保护了他那场无人知晓的远足……

其实，每个人都有过这样的经历，即使身未走，心灵也曾有过。而这，是为了放弃，放弃那些累赘，也许是于身，也许是于心。无论怎样，都是为了更好地前行。

真的，当一场无人知晓的远足轰隆隆地走过青春，它既不壮烈，也不张扬，但却是每个少年都有的"狂态"，都可以转化为一种力量，那是对自己的拯救。

锁在日记里的青葱岁月

作者：红叶

阳光洒一室温暖，我看到无数细碎的灰尘在透明的光线里轻舞飞扬，光的落脚处静静地停留在书桌上摊开的密码本上，一片温柔的光晕散开来，也轻轻笼罩着我流动的笔尖。

我常常觉得我游走的笔尖像一条流动的小溪，在纸上印下我湿润的爱与忧伤。鹅黄色，覆盖着一层玻璃纸般硬的封皮，垂着长长睫毛的卡通娃娃，边缘有可自己设置密码的旋转按钮。第一眼看到这个本子，就深深喜欢了，一个喜欢用文字和自己对话的女子，也许笔记本便是她最亲密的情人了。

13岁开始写日记，那个时候我已经不太爱说话了，喜欢独处，喜欢在日记里跟自己对白。我在日记本里写道："我相信，高等学府的门是向着所有的人打开的，我一定要努力学习，考上大学。"那时的我目标便已经很明确，并且有股执拗的傻气。

就在这种傻气里，一路走来，也算是实现了所谓的雄心壮志。上了大学，找到了自己喜欢的工作。而那一本本的日记，就像一个个记忆的仓库，点点滴滴收集着我在人生之旅上的欢笑和泪水。

17 岁那年，所有的日记都围绕着爱的主题，苦苦地暗恋着同桌那个清瘦的高个子男孩，却无意间发现他在纸上书写着对别人的爱恋，我黯然神伤，把泪水滴在日记里。

在不懂爱情的岁月里书写着爱情，并且用小锁锁上，唯恐被谁窥探了秘密，那样小心翼翼的岁月啊，回忆起来，虽则历历在目，却也云淡风轻。是谁说过，时间会抚平心灵上的一切伤口。当时间和空间都不再成为爱的羁绊的时候，也许真正的爱情就可以开始了。

在大学，我的日记和我一起开始了恋爱的旅程，第一次接到情书，第一次与男生十指相扣，第一次被深深伤害。半年的爱情宣告结束，我的日记目睹了我所经历过的种种。

初恋的伤痛被另一双手抚平，新的爱情开始。这一次，就是四年，我的美好的青春在这四年中绽放着美丽的花朵。然而，这朵花终于还是惨淡凋零，没有结果。四年来，厚厚的四本日记，直到那天，他娶别人为妻。

我在日记里写着：你是一棵被人用刀刻划过的树，然而却是一棵不倒的树，岁月弥久，扎根越深。失败的爱情常常让人觉得像是一场游戏，我像锁上日记一样为自己的心灵加了一把锁，锁住忧伤，锁住爱，锁住记忆。多年以后，我依然用文字记录着自己的生活。这个时候，文字是我的知己，我喜，它便也喜；我忧，它便也忧。

想来喜悦的生活总是轻易被遗忘，而那些生命里的忧伤会被潜意识记下来，刻在骨子深处，埋在心里，被记忆锁住，一旦打开，依然那么清晰可见。

一本本笔记，散发着陈年的暗香，记录着平凡琐碎的生活。每每沉浸于文字的世界，都能够让我沿着记忆的心路回到过去，看到曾经的欢笑与眼泪，看到我不曾辜负的青春年华。

青春里，最深刻的少女情怀

作者：哎呀妈

如果你问我：你曾经的青春是什么颜色？

我会不假思索地告诉你，一种带着青色的淡黄。听起来很普通，可对于那段单纯无比又裹挟着少女复杂情怀的小时光，我觉得它绝非平淡，可又不至于轰轰烈烈，让人叹为观止。

早已逝去的青春中，有歌有画有诗有情。

无数个午夜梦回，总会不经意想起那个在我青春里出现过，却又稍纵即逝的男孩的身影。至今，我仍记得他笑起来，有股坏坏的味道，虽然和他斯斯文文的外表有点不大相称，但就是深深抓住我的心。

现在想想，那时候的自己刚从不现实的幻想中逃到现实，误以为撞见了从小说里走出来的男主角，正等待着属于他的女同伴。

人在跌入自己精心营造的梦幻世界中时，会做许多奇奇怪怪的梦。我坚信他的笑，别有用心，专属于我。心情好时，他的一举一动都在试图讨我欢心，就连他送给我的小礼物，都被视为珍宝。

心情低落时，又觉得自己不配，心想他那么好，怎么会看上一个喜欢多愁善感的女孩子呢？

从头到尾，他没有说过一句情话，我权当他的缄默是绅士风度，觉得真正的爱便是"你看看我，我全都懂"的那种默契。

我不放过任何一切和他有关的心情，酸甜苦辣尽都书写下来。那时想着，笔是我传递情感的信物，文字便是我心情的化身。只有用心比画，才足以证明我的心诚。潜意识里，他存在的意义就是我对自己的肯定。我不奢望他会真的开口跟我表白，我只是想，如果这是一种美丽的梦，就让我做下去，谁都不许来破坏它。

后来，他的样子开始变得模糊，唯一不变的是他之于我的意义。

若干年过后，我重温那个时光中对他的刻画，竟觉得傻得可爱。哪个少女不怀春？即便有些记忆变得模糊，当时对那个美好的他的内心悸动的记忆依旧深刻无比。就算清醒时蓦然回首，发现存在于自己青春中的人，始终就只有自己一个。只不过能够惦记着别人，已然不枉此行。

青春，本身就有众生相，总投射出每个人真实的自我。

我的青春之歌，自己谱写、演奏、欣赏，无人参与也无妨，有过一次巅峰体验就足以无憾。它没有任何波澜，又不至于乏味单调，细细品味之余，还有留香。

我想，人始终是渴望被爱的。然而，自始至终，最需要爱的人一定是自己。我的青春里，最不愿意辜负的，就是自己对人世间美好事物的向往和憧憬。

有了它，如今的我才有底气笑对人生。

瓦

作者：马浩

行走乡村，我对房上瓦极有兴趣。瓦会说话，与阳光、雨水、风霜，与长在瓦棱的花草。只要你用心聆听，就能听到那些有关岁月沧桑的话题。

水乡屋顶的瓦，一般都是小瓦，泥土烧制的那种，瓦为天青色，状若弯月；北方平原上的呢，多是洋瓦，就是水泥制作的灰瓦，大大咧咧。小青瓦婉约，大灰瓦豪放，不经意间，南北方的性格、习俗便在屋瓦的细节中流露了出来。

当然，我所说的是目前所见的情景。其实，南北方在使用青瓦上，似乎并无如我所想的差别。我出生在北方，记忆里，村庄里也有零星的青砖小瓦的青瓦屋，多是地主乡绅的遗存。青瓦的屋顶，有种言不出的阴柔之美，屋脊多有小瓦组成铜钱状图案，青瓦仰面为沟槽，覆面为瓦棱，凹凸有致，如书写屋面的诗行。岁月的风尘积淀在瓦缝隙间，不知是风抑或鸟雀带来的草籽，草的家族便在瓦缝之间扎根发芽，一代又一代，故事在秋风里摇曳着，似乎在诉说着世事的变迁。

昔日，我们村就有窑场，烧过青砖，烧过青瓦，村里却没有几处青堂瓦舍。"满朝朱紫贵，不是养蚕人。"我总觉得青瓦的诞生向来都不是为布衣百姓。过去，在乡村只有有钱的乡绅才能盖起瓦屋。一般百姓都是黄土筑墙茅盖屋，和泥筑墙，麦草、稻草、茅草作瓦，篱笆圈墙，柴扉为户。家有老小，外加一头驴，一头猪，一群鸡，一只看家的黑狗，炊烟袅袅，鸡犬声声，烟火的小日子就在四季中不急不慢地行走着。他们烧制着青瓦，心底或许从来都不曾想过留作自用。

　　自我有记忆始，村里的窑场就废了。堰头的窑早已坍塌，仅剩下一座窑矿，荒草萋萋，常有狐狸、黄鼠狼出没，取而代之的是生产队的"瓦房"——制作洋瓦的作坊。"瓦房"就在我家的大门前边，从"瓦房"后窗就能看到制瓦师傅们制作洋瓦。洋瓦，洋灰瓦的简称，洋灰也就是水泥。随着水泥瓦的盛行，洋灰瓦遂简称为瓦了，为与青瓦区别，小巧的青瓦便改称了小瓦。

　　瓦房的门前有口带着水车的水井，几口水泥大水池子，制作好的灰瓦放在水池里，等待水泥慢慢地凝固。水池里的水就是水车抽上来的井水。夏日，看师傅制瓦，推水车玩耍，在水池里玩水，摇摇晃晃地行走在水池间池壁上，有趣刺激，颇以为乐。

　　在"瓦房"中看师傅制作瓦，也是一件好玩的事。制瓦有制瓦的机器，有模具瓦。模具瓦是铸铁的，用时刷上柴油，摞在瓦机子边上，供师傅取用。瓦机中间是四根可上下的铁棍，以支撑模具瓦。两边是盛水泥的槽子，师傅双手持抹子，把水泥覆在模具瓦上。然后，用铸造好的瓦截面形状的瓦棒按压。瓦初具形状时，用细箩子筛撒水泥，用瓦棒来回按压，这叫挂浆，目的是为了瓦易于淋水。师傅一踏支撑板，瓦便如一朵出水芙蓉般挺出瓦机，立在一边。师傅用手托起，放在一只可转动的木支架上，用小刀割除多余的水泥，一只灰瓦就算制作完成了。放在

181

一边晾一下，待水泥发硬了，然后置入水池中。最后，把模具瓦去掉，瓦便可以随时亮相屋顶了。

　　儿时，经常泡在"瓦房"里，对于制瓦的程序，早已了然于心了，可始终没有机会实践。灰瓦似乎天生就没有嫌贫爱富的意识，乡村普遍使用灰瓦建房，起始是半草半瓦的屋顶，墙依旧是土坯墙，而后出现了"腰里穷"。民间的语言就是丰富多彩，不服也不行。何谓"腰里穷"？瓦顶，青石砌基，青砖筑就的山墙，只是四面屋墙是泥坯的，故称"腰里穷"。"腰里穷"亦不过是过渡阶段，随之而来的就是青三间了。青三间，墙全部是青砖砌的，青砖灰瓦，青砖墙院，大门楼前出后攒，一派生机盎然的农家小院就落成了。院中若架上一架葡萄，全家在葡萄架下共进晚餐，令人神往。

　　对瓦有一种难言的情怀，以至于我每到一处，都会留心建筑物上的瓦，我似乎能听懂风尘中瓦的语言，光阴的故事。

少年书架

作者：张 莹

喜欢书，像喜欢一件宝物。小时候每每发了新书，都要找来旧报纸，包了书皮，工工整整写上：语文，数学……然后是班级、姓名。手里托着书，美滋滋看着，心里有份庄重，有种没来由的稳妥。

学期末，新书变旧书，一如既往地整齐，只是有了岁月的痕迹，泛着淡淡的黄。细心收起来，放到纸箱里，来年春天，再搬出来晒太阳。

偶然去老师家，一进门就呆住了：老师客厅的一面墙，宽宽大大一面架子，大大小小的书，一本本直立着，是一队队意气风发的少年，春意荡漾啊！罗列其中的，还有照片，石膏雕像，或者一盆小小的文竹……我真是看呆了，书可以这样放，多好！

那是王老师用木板和木条自己钉在墙上的，美其名曰：书架。我用手抚摸着那粗糙的木条、木板，还有书，像是朋友，细腻，温暖。

我迷恋上老师书架的样子了，在书桌前，把书一本本立起来。左右用厚厚的字典做"靠背"，俨然一个小书架了。这小小发明，竟然让我激动了许久。

放学回家，喜笑颜开地告诉爸妈，我有书架了！爸妈一愣，哪里来的？

待我把在老师家里的所见，以及自己在书桌上摆书的事告诉他们的时候，妈妈嘴角漾起一丝笑意，眼里还有一抹难以名状的光泽。

那时，家里的条件不好，能上学读书，已经是很幸福的事情了，哪里还敢奢望买上一件这样"无用"的家伙呢？当然，我也会悄悄想：什么时候，我会真的拥有一个那样的小小书架？

那是一个秋日，天，蓝蓝的，几片厚厚的白云，暖暖地轻轻地飘着。爸爸下班回家，推着自行车进了院子，连声道："够了，够了！"

什么够了？我和妈妈惊奇地从屋子里跑出来。看，这些木头足够做一个小书架了。爸爸兴奋着。我看那些木条、木板，在爸爸的自行车后架上安静地等待着，小心脏一下子活跃起来，不知所措了，我仿佛看见了，看见了那个美丽的家伙款款而来……

爸爸利用下班的时间，去包装厂，在丢弃的废料中，千挑万拣，拣来这能用的木料。

歇班两天的爸爸，用砂纸，一点点地打磨着那些木头，准备好锤子、钢锯、各种钉子、油漆……放了学的我，迫不及待地往家里跑，蹲在一边，看着爸爸在木屑中忙乎。

天，静静的；阳光，亮亮的。院子里似乎有了道道金光。两天的时间，掰着手指过。

小小的书架做成了！

爸爸问我，喜欢什么颜色。我想啊想，就调成黄色吧。爸爸涂漆，一遍又一遍，慢慢地，小小书架成了土黄色，是秋天叶子成熟的颜色。

风来，漆干。抱起书架，放到桌子的一角，把书一本本放进去。那欢喜，宛如莲花的一瓣，在心里一点点绽开。放满书的架子，是一株亭亭玉立的稻子，安静、饱满。见到它，如见到久违的老友。

日子深一脚浅一脚地过，它在身边，不离不弃，不恼不怒。经历各种漂泊，它伴着我，慢慢换了容颜。

家里也已拥有大大的书架，开阔大气。而它早已泛起了油渍的光，笨拙而苍老。即便如此，它亦端端正正地立在我的桌前，是我的长者，沉默不语，凝视着我，撑起我的腰身。

如果有一天，要我选择少年重来，陪伴我的，依然是少年书架。

第八章 —— 致年少轻狂的汗水

有时，我行走在胡同里，或路过校园时，会莫名地想起他，想起他的绰号，感觉那绰号好亲切、好温暖，不觉地挺起胸来，放缓了脚步。

不留下遗憾，不枉为少年

作者：安雨

席慕蓉《雾里》："心里有些话，想说出来。也许不一定是为了告诉你，也许有些话只是为了告诉自己。"

我写下这些文字的时候，刚好 21 岁。这里面的故事，写的是你，也是我。

2016 年的夏天，很热。

时间就像北京六月的大雨，来得酣畅淋漓，一瞬间淋湿了整个四季。整个夏天好像就要过去了，好像什么事情都没有做。

每天徒步前往离家几公里的田野，去看望那里生长着一大片的野生向日葵。这是夏日里见过的最好看的颜色，也是后来的几年里唯一让我念念不忘的东西。

20 岁开始的年纪，还承受不了生命扑面而来的袭击。迷茫渗透在裂了缝的日子里，于是开始慢慢地一点一点地发酵，在浑然不觉之中透支了青春最好时的无畏。

那一段时间，心里压抑得像焦虑地等待着世界末日一般，头发大把大把地脱落，晚上不停地失眠多梦，逃课的日子愈发多了起来，仿佛找不到生活下去的意义，所有的色彩都是一种病。

请假回家的时候，田里的稻禾开始冒出了穗儿，门后的夏蝉嘶哑地唱尽最后的季节，小溪中生长的荷花被湍流撞得东倒西歪，万物生长的模样忽然让我觉得真好看。

我陪着奶奶去田野里，去看那一大片一大片盛开着的油葵，微风吹过山岭，金色的花儿像黑暗中的缺口一般闯入了潮湿的心底，那里常年不见日光，荆棘密布的下面也是一片深陷的沼泽地。

奶奶说，只有向着太阳努力生长的油葵，它的籽才会饱满，每一个生命都不容易。

是啊，曾经渴望着快点长大，长大了就会拥有一茶一饭的亲情，长大了就会看见外面的精彩世界，长大了就好了。

于是，我努力地长大，我拼命地成长。才发现，原来长大也有长大的烦恼。成长会让你知道，并不是所有的努力都会有收获，并不是所有的青春都会有结局，并不是所有的相遇都会有故事。

所有的困惑，所有的失落，所有的迷茫逐步相加，质疑生命意义的心情被自己的恐惧无限地扩散，放大。每个人都会有自己的一段迷茫期，或长久或短暂。一个20岁的姑娘在电话里听到奶奶的一句"生命急不得，该来的总会来"时红了眼，长久以来用迷茫所铸造的厚厚的沉重全然轰塌。

生命急不得，该来的总会来。在这之前，我们要做的是积极地准备去接受生活出的谜题，去通过生命设置的每一道关卡。

你想成为什么样的人？会不会和我想的一样？

我想，面朝大海、春暖花开是我见过的最有诗意的日子了，能够在有生之年，去看遍世间的大好河山，四季轮回；去见见生命中相谈甚欢、相见恨晚的老友；去遇见旅途中的每一段传奇，每一段故事。然后，在暮年春光中，还能在庭前种上心爱的山茶花，喝点儿浓烈的小酒，在岁月静好中打起盹儿。这生命正在认真地老去，就好。

我们在世上不停地奔跑，不顾一切地去过自己想要的生活，总会在索然无味的挣扎里看到自己的光亮。

20岁的我，想到未来，想到以后，曾经很恐惧，现在很期待。因为无法预见而带来的忧虑，总会让我们忽视生命最好看的模样，那就是你眼里有光芒的样子。

2016年的夏天，田野，向日葵和奶奶是我20岁的生命里最深刻的场景。

夏天确实让人欢喜，天那么蓝，风那么柔，年轻的人们那么漂亮美好，符合二十几岁的人们对青春的一切经验和美好想象。然而，每个人都有着很多没有解释的行为和很多没有结果的后来。

为了让这夏天开花结果，所以在夏天离开之际，让我们抓住夏天的尾巴。

愿美好的灵魂不留下遗憾，恣意张狂，不枉为少年。

明灯下的青春剪影

作者：夏琪悦

　　有时候我会忘了飞速流转的时间，却不曾忘记那不同韵律的青春。

　　青春不是生命的年轮，而是充实的阅历；青春不是单一的事物，而是丰富多彩的故事；青春一如四季，春去秋来，冬暖夏凉，如痴如醉。

　　这趟青春的列车上，从最初的一群人，到后来的一个人，我们选择了各自理想的道路，去往不同的城市，去过不同的人生。

　　那么，这段旅程我们留下了什么？只有碎片的记忆吗？

　　不，我们留下了照耀青春的时光剪影，留下了自我成长的轨迹。

　　我那自律而忙碌的校园生活，如电影般，一幕一幕地闪现在眼前，剧情紧凑，却值得回味好几遍。

　　青春岁月中的我们，茂盛得犹如林中树木，缤纷得犹如园中花草，欢快得犹如水中鱼儿，绽放着独特的美丽，为青春加油喝彩。

　　正好，我决定撰写计划许久的人生回忆录。为了与青春对话，趁着假期，我从遥远的城市，辗转搭乘三种交通工具，回到了我的青春最开始的地方，去找寻最灿烂的人生印记。

秋风送爽，硕果满枝，落叶金黄。我仿佛置身于泛黄的青春相册中，炽热的记忆被一页页地掀开。到时已近傍晚时分，我穿过熟悉的街道，走进梦里的校园，两旁的路灯，微光芒芒，但足够照耀我去那曾经挥洒汗水的教室的路。这校园里每天按时被人关闭又打亮的灯，点燃了我青春时期心中的希望。

走进教室，看到灯都亮着，时而摇曳，时而闪烁，桌子一阵一阵地传来"嘎吱"的声音。这一切的响动，似乎暗示着，在繁忙却平淡的日子里，大家偶尔躁动不安却经常不甘的心理。此时，学生们心无旁骛，正埋头于研读各学科的资料，正如当初专心刻苦的我，这也是勤奋的老同学们的真实写照。

回想起那时，日复一日的忙碌，使我与有些同学还没有说过几句话，还没有畅谈过未来。但好在，在有限的时间里，我选择了敞开心扉，以真实的自己面对青春时期的伙伴们。

我从当初所在教学楼二楼的走廊这头，晃悠着走到那头，转眼一瞥，那熟悉的身影，立刻吸引我驻足。那讲台上站着的是我曾经的数学老师，他一如既往地在陪学生们上晚自习。他顺着学生们的目光，看向窗外，整理好讲台上的书本和教案，向学生们交代了几句，便向我缓缓走来，面带慈祥的微笑。

与他靠近时，我猛然发现，这么多年过去，石老师竟也有了些许斑驳的白发，面容显得有些疲惫。这都是他为学生们操劳的岁月见证啊！

我们的青春离不开老师的教导和陪伴。

我们一如当年那般默契，怡然自乐地交流，谈起学生时代那次晚自习的问题解答，我告诉他，正是那短暂的几分钟，我心里感到无比的温暖，是一种难以言喻的亲切感。在那枯燥又紧张的高考生活里，这无疑是一种信念的寄托。现在想来，依然足够温暖我的心房。

青春是一盏明灯，光芒有限，却又持续地照耀他人；青春是一间小屋，家徒四壁，却又尽情地释放情绪；青春是一部电影，跌宕起伏，却又深刻地诠释生活。

我的青春如何度过？有的时候如同明灯，光芒四射；有的时候如同蜡烛，灯光微弱。不同的阶段，不同的情绪。但是，没有伪装，没有退缩。我目标明确，行动迫切，一直都在拥抱自己。

同学们的温暖陪伴，老师们的谆谆教导，与那似水的流年，一起化作青春的明灯，指引我无畏前行。我的青春不曾辜负。

捷径往往是条死胡同

作者：马浩

老土是丁老师的绰号。

丁老师在未做我们班主任之前，这个外号已粘在他身上了，也不知何时何地何人有了灵感，给他起了如此传神的绰号，有戏谑，有调侃，有喜爱，有敬重……每每念及这个绰号，丁老师的形象便会在我心底呈现。当然，还有关于他过往的点点滴滴。

那年，初三，新班主任就是丁老师，教语文。老土的绰号早有耳闻，可谓大名鼎鼎。不过，知其然而不知其所以然。丁老师就像谜一般，让我对他充满了无限的好奇，老是想着如何去揭开这个谜底。

上课的铃声响起，丁老师前脚一踏进教室，同学们似乎是下意识地起立，齐刷刷的，有些不可思议。他弯腰九十度地深深鞠一躬，说一声："请坐。"教室里顿时响起了衣服所发出的窸窸窣窣声，还有屁股接触板凳的声响。

丁老师站在讲台上，半转身在黑板上写个"丁"字，粉笔与黑板摩擦，吱吱有声，接着自我介绍道："我姓丁，甲乙丙丁的丁。"有嘻嘻声在教室的一角发出，他环视一下大家，也跟着微微一笑，沉寂的课堂，微风徐来，吹皱一池春水，"别看我是丁老师，我要把你们都带成甲等的学生。"此时，课堂一片大笑声，咳嗽声，还有脚落地的嘈杂声，交织弥漫在教室里。

这堂课，非正式课，他只是给我们立了几条规矩，用他的话说，没有规矩不成方圆。在未立规矩之前，他先讲了个小寓言故事。也就是此时，出于好奇，私底下，我开始偷偷地观察他。说偷偷地，是指我当时的心态。其实，我完全可以大大方方地盯着他看的。他高居讲台之上，是学生们的焦点。不过，我心里有个小九九——想破解他绰号的密码，目光不自觉就有了些飘忽。但见他上身着藏青色的中山装，领口的颜色已变淡，隐约着一道白痕，风纪扣紧扣着，脚上蹬着一双青灰色的简口布鞋……从他的穿着上，我心底似乎有了答案。当然，那是在我目光飘忽之下所得出的。

我正在瞎琢磨呢，就听他讲起了故事。话说有一条胡同，又窄又长，七拧八弯，胡同的隔街是个菜市场。过往行人，为了抄近道，都会走这条胡同，兴冲冲地往里钻，一脸无奈地退出来，原来这是条死胡同。本想走捷径，省时间，其结果反而绕得更远，更费时。

这条死胡同，不知让多少想走捷径的人，撞了墙，碰了钉子。有一天，一位着长衫的老先生夹着小布包走进了胡同。半天，折回头来，在胡同口停下了脚步，不急不恼，蹲身取下布包，掏出毛笔、纸墨，写了四个大字"此路不通"，贴在胡同口，纸白字黑，柳体，有筋有骨，方方正正。

故事讲完了，规矩也跟着出来了。丁老师慢悠悠地说："学习要刻苦，要循序渐进，不要企图走捷径，捷径往往是条死胡同。俗话说，师父领进门，修行在个人。老师就像故事中那位老先生，引导同学们学习，不但要学习知识，更要学会做人，做个有益社会的人。"

那堂课，我听倒是听了，好像没有怎么入耳，老想寻觅关于他绰号的蛛丝马迹，以至于后来，他给我上了一堂更生动的课，才使我对他的"胡同故事"进行反刍与回味。

一天下午，上语文课，丁老师进教室，班长喊"起立"。那时，我坐在后排，自作聪明地以为他看不到，就躲在起立的同学身后，没起立，以为这下赚大了，还跟旁边起立的同学扮鬼脸。照例，丁老师九十度地一鞠躬："请坐。"话音未落，我立马挺胸坐直了。

课前，丁老师问我们（我觉得应该是问我）一个问题，因何要起立？他说："老师一进教室，同学起来，意思是说，老师，您讲课辛苦，请坐着讲，我们站着听。老师鞠躬示意同学们坐下，表示感谢同学们，还是老师站着讲，你们坐着听吧。这是师生之间的礼节，事虽小，关乎做人的道理。某某同学，你说我讲得对吗？"这某某同学就是在下，当时，我的脸唰地红到耳根。

时光荏苒，似乎是弹指一挥间，当年的翩翩少年郎，已步入了中年，丁老师也已是古稀老人了。有时，我行走在胡同里，或路过校园时，会莫名地想到他，想到他的绰号，感觉那绰号好亲切、好温暖，不觉地挺起胸来，放缓了脚步。

毕业那天

作者：慕云之

拿到毕业证书的那一刻，分不清是什么情绪。是开心，也是难过，我们终于还是迎来了要别离的时刻，带着一起走过的那些记忆、欢笑和忧愁。

还能记得，进大学的第一个晚上，和同寝室的姑娘在偌大的实验楼里迷了路，远处的教学楼灯火通明，我们的身边黑灯瞎火，周围是当时还未开垦的荒废空地。姑娘说："这里会不会有鬼？"我安慰她："别胡说，这个世界上没有鬼。"但天知道，其实当时我也很害怕，而且内心里已经演了无数遍的《午夜凶铃》。

后来军训的时候，同寝室另一个姑娘和男友吵架，我们整夜整夜地陪着她哭，陪着她说话。她说："认识你们真好，我们的大学定会很精彩。"第二天，三个人顶着黑眼圈去军训，教官叫苏磊。后来，我们成了君子之交。但与其说是君子之交，不如说是心照不宣，因为没有未来。

大二的时候换了寝室，"铁三角"分布在了三个不同的寝室，也都有了新朋友。

在寝室里教她们穿着高跟鞋走猫步，在晚自习后的田径场上赤脚跑步、学跳华尔兹。抑或是，那时候开始整夜整夜地失眠，坐在床上扰人清梦地抱着吉他弹《火柴天堂》，听着 mp3 唱着《威尼斯的泪》，眼中迷蒙，对面的灯光闪烁着对一个人的思念。

背着行囊踏出学校大门的时候，我发消息给室友阿媛："我买了回程的车票，3 点 35 分，下次就不知道什么时候才能再见面了。"我不知道我在舍不得什么，或许，仅仅只是或许，我舍不得的，是踩过校园草地时的那份欣喜和对他们的依赖。

抬头看向熟悉的窗台，多少次趴在寝室的窗台上眺望对面的某一扇窗，隐约看到熟悉的身影站在那里。他是来送我的吗？也许此生都不能再相见。埋葬掉，连同趴在窗台看着星空时寂寞的表情。

毕业聚餐时的种种场景依旧历历在目。被酒气熏起的微红脸颊，洋溢着明媚的青春气息和无尽悲凉的别离，以及谁都无法忘记的聚首时的快乐。数码相机的灯光闪烁，留下我们最想珍惜的一幕。

坐上去杭州东站的 B1 快速公交车，听到身边的同学说："别了，下沙。"忽而又开始莫名地忧伤起来。是啊，下一次再回到充满记忆的园区，不知道这里会变成什么模样。抑或是，不知道我们那时候都已经是什么模样了。

这个城市给了我太多的快乐和感伤，那些相知的友情，那些相遇的爱情……连同那些早已蒸发得无影无踪的笑声和泪水。我们都清楚地知道，从踏出校园的那一刻起，我们都将不能再冠冕堂皇地用青春作借口，我们逝去的年华，我们曾经引以为傲的年华都将被我们留在青春的记忆里，永不忘记，也永不能再回头。

如若有天，时光倒回，也要相信，其实，我们从未曾离开过彼此。

那年七月，我们开始离别。

用夹缝里的阳光，点亮希望

作者：三木

长街的尽头，一轮落日刚刚隐去最后一丝光彩，只留下红霞满天。路过曾经待了四年的高中，我的脑海里不自觉浮现起了去年的自己的样子，没有一丝遗憾。

高考结束后的整个暑假，空间里不断有人秀着自己的大学。看着身边的人一个个走进心仪的院校，与我自己的三本院校形成了鲜明的对比，强烈的羞耻心与失落感充斥着我的大脑。复读，是我唯一的选择。

再次踏进高中，我才意识到复读并没有自己想象中的简单。如果延续自己吊儿郎当的学习态度，结果必然还是失败，那我复读又有什么意义呢？班上的每一个同学都是曾经班里的学霸，复读只是为了冲刺一个更好的学校，而我这个高考成绩勉强达到三本分数线的"吊车尾"想要跟上他们的脚步，简直是难于上青天。和同学们的巨大差距让我尤为挫败，对于未来，我头一次感觉到了迷茫。

深夜，坐在书桌前的我，放下浮躁，静下心来分析自己的学习状况，并根据自己的实际情况制订了学习计划。除了基础较好的语文、英语，其他的科目差得让人怀疑人生。尤其是数学，基础实在是太差。

咨询了老师，老师建议我先把基础搞扎实，把每个知识点吃透。定了一个比平常早一个小时的闹钟，这一个小时用来巩固数学知识点，珍惜每一点零碎时间背诵政史地的知识点。在我的执着请教下，同桌也开始伸出援手。我对学习的恐惧感消失了。

很快，学校迎来了第一次月考，希望可以在排名上取得一丝安慰，因为那是我努力奋斗的证明。成绩下来的那天，我尤其紧张。站在成绩大榜面前，我焦急地寻找，生怕错过自己的名字。但是，现实却不会因为我身处困境之中，就为我打开幸福的大门，那次的成绩竟是我有史以来最差的成绩。我感觉自己就像是被浇了一盆水的炭火盆，现在身上滋滋地冒着白气。回到座位，同桌一句低声的"加油"让我重新充满力量。

阳光透过榆树叶间隙照射到我桌上写着我心仪大学的便签上，留下星星点点的光斑，异常耀眼。

我开始反思自己的学习计划究竟是哪里出了问题，我开始合理安排时间，总结失误的难点重点，在课堂上不再死气沉沉地闷头苦干，而是跟着老师的思路重新建立知识框架。语文与英语也不落下，积累起了好词好句并且反复运用。

难熬的日子咬咬牙总会过去，时间也在努力中溜走。在下半学期的模拟考试中，我的成绩已经开始稳步提高。此时，我知道我离自己的梦想只剩一步之遥。夏天的天气总是闷热的，六月，我再一次进入高考的考场。和之前不一样的是，这一次我有百分之百的信心。

当我收到录取通知书的时候，我终于为自己的高中生涯画上了一个满意的句号。仰起头，正午炽热的阳光让我有些睁不开眼。这一次，我想对这一年坚持不懈的自己说一声感谢。

感谢那个从未放弃的自己，感谢那个在夹缝中寻找阳光的自己。

青春那段美好年华

作者：郑安言

多年后，我经过高中校园，校门正对的那条宽宽的通道两侧，树木郁郁葱葱，在地面上投下一片片阴影。

我想起来高中时我们总是抱怨这条路太过空旷，夏日里阳光太盛，没处躲阴凉。高三那年才种下的那一排树，现在已经长得如此茂盛了。

这段时光的点点滴滴，也狠狠地扎根在心里，无声无息地肆意生长。直到不经意回想时才发现，我从来就没有忘记过，只不过将它们放在心底最柔软最隐秘的角落。

并不是因为发生过什么过于悲伤的事，才将它们藏起来，而是对那时年轻的自己来说，每一丝快乐每一次难过都是一样的刻骨铭心，仿佛一触碰到，就会在片刻间回到那段时光中，回到熟悉的校园里和那些可爱的人儿身边。

我们总是在午饭后去操场上散步，因为总能看到自己喜欢的男孩子在那里打篮球。围着操场绕一个又一个圈，不是为了消食或者减肥，只是为了能多看那个他一眼。

每年的运动会是最让我们开心的，因为能在不同的比赛项目里看到自己喜欢的人，更能和伙伴们一起游荡在整个操场上，为同学们加油。最喜欢的是团队项目，一群人心无旁骛地只想做好一件事的劲头和身处团队中所感受到的那种团结、向心力和感动是难以言表的。拔河，接力，排球赛……赛场上的人拼尽全力，赛场下的人也鼓足了劲儿地呐喊助威。

　　也很喜欢春天的校园。紫藤花爬满了长廊，浅淡的紫色像缱绻的心事。花朵儿一串儿一串儿的，像丝绦一样垂下来。风一吹，便如同那男孩儿、女孩儿的心事一般，荡漾着，荡漾着，画出小小的温柔的弧度。

　　小草地上总有附近的野猫晒太阳，它们很调皮。午后散步，偶尔能看到一只小猫在逗弄一只小老鼠。小猫用小小的爪子按住老鼠的尾巴，倏地又放开，老鼠便忙不迭地逃走，却不见小猫目不转睛地盯着它，不待它逃出多远，便一个灵巧的纵身，一爪子又按住小老鼠那可怜的尾巴。这游戏，它可以玩一整个中午，如果忽略午休铃响，我们也可以看着它玩这猫捉老鼠的游戏，闲聊关于彼此的一切。

　　老师们有时很严厉，但大多数时候都是和蔼亲切又可爱的。他们也会讲笑话逗我们开心。楼下一层有各式各样的标本，在晚上显得尤为可怖。晚自习结束时，我们从来都是结伴下楼，不敢落单。老师也一样会怕黑，不敢一个人巡视夜晚的校园。高考之前，老师们在黑板上写下"高考顺利"，笑着向我们嘱咐注意事项时，气氛却莫名有些伤感。

　　我们都知道，人有聚散，事有始终。只是从没想过，三年，只够我们在操场绕几个圈，在食堂吃几个菜，和同学聊几次天，与老师贫几次嘴，从这栋楼搬到那栋楼。

　　那时的我们，也就像小猫一般，玩着一个名为青春的游戏。想要将它放走，偶尔又想将它抓在手里；想要长大，又眷恋年少。最后，青春还是会拖着它的尾巴，永远离去。

那个在午后阳光下挥洒汗水的男孩，那些比阳光还要灿烂的微笑，那片茵茵的草地，那一声声清脆的铃响，随着时间这永不停歇的镜头不断地拉远、后退，变得越来越小，越来越远，终于，伴着那青葱的时光，全被关进了那名为青春的大门中。

　　也许偶尔，我还想要打开门看看，看看那片校园，看看再熟悉不过的教学楼，看看我们曾去过的每个角落。

　　看看我们在时间织成的美丽帘幕前，恣意地挥霍我们的青春，放肆地演绎我们的年华。

　　看看我们舞着最绚烂的绮彩，迎着最耀眼的灯光，重复着一出关于年少轻狂的戏。

想起那年读书时

作者：张莹

真的，读书，是一件特别好玩的事情。

十来岁，三年级，天不怕地不怕的感觉。不管生疏，常常和同学去串门。到了别人家里，是安静的，不声不响，微笑，直盯着土屋墙壁上的黑白报纸。那些报纸，是一些富裕人家不知从哪里弄来的，贴在墙上，给土屋一点美观，不至于到处露着暗灰的墙皮。有字，可读，真好。

看着看着，身子会趴下，因为靠底下的一些字，实在是看不清了。而下面的报纸，往往是更旧一些，泛着黄色，伴随着一丝丝潮潮的味道。而于我，是温润，是隆重，闪着华丽的光，仿佛是琥珀。

慢慢读完一面墙，真畅快呀！

当时，除了课本，再也找不到书可读，偶然在同学家发现这样的"报纸墙"，自是欣喜若狂，也就有了这"串门"的雅好。

慢慢地，很多人知道我喜欢"读字"，便有人告诉我，谁谁那里有小人书，可以借着看看的。听了那些陌生的名字，怵头，哪里认识人家呀？怎么办？

便央求妈妈去借，大人总会和人家说上话的吧？

那时候的小人书，人人当宝贝，自是不会轻易借出的。于是，便苦口婆心地求人家，一遍遍保证，不会弄丢的，不会弄脏的，不会弄扯的，一定按时还……终于，在人家一遍遍的叮嘱里，在犹豫的眼光里，拿到了小人书。

抱着书，飞奔回家，小心翼翼放在床头一角，赶紧吃饭、写作业，然后，扎在灯下，一声不吭，一页页，仔仔细细看过去。

夜，深了，抚摸着小人书，恋恋不舍地睡去。天亮，它就该物归原主了。

还有让人欢喜的，是过年放鞭炮，很多鞭炮是用废弃的书本卷成的。鞭炮在炸开的刹那，很多带着字的碎片，仿佛一个个精灵，舞蹈着，纷纷而来。我笑着跑着去迎接那些碎片，在碎片里，看到一个个的"断句"，或者几个词语，那种"此起彼伏"的文字阅读，仿佛海边的波浪，一波波地涌动而来，真好。

当然，也会有大的收获，就是包鞭炮的纸张是大一些的（有时放学路上也会捡到一张大大的报纸，然后一路开心），捡来，展开，抚平，偶尔会读到一段故事，也许没有开头，也许没有结尾，但有一些词：万水千山，碧波荡漾，寂静芬芳，花来衫里，影落池中……它们总像是春天拂过的风，暖暖的，通身清透。

拥有淋漓畅快的读书机会，是因为村里一户人家，做起了废品收购的买卖。他家的院子里，堆满了瓶瓶罐罐、纸箱、书本。没有任何人邀请，我就成了人家的"座上客"，只要一有空闲，就跑到人家的院子里，那个小小的院落，被我一寸寸地丈量过了。也是在那个时候，我看到了一本本完整的杂志，一本本很旧很破，几乎还是繁体字的《西游记》《后唐演义》……一路读起来，磕磕绊绊的，但总算能读过去。

坐在小小的院子里，有书天地，满心欢喜。看不完的时候，要拿回家看，人家说不行。谁会无缘无故相信一个不认识的小姑娘呢？

怎么办？

偷呗。悄悄偷回家，连夜看，赶紧看。第二天去的时候，再悄悄把书放下，生怕人家发现找到家里来，那样，肯定会是一顿暴揍的。也会有还迟的时候，是因为看到了喜欢的地方，要抄下来，就会晚一些送过去。还好，一直没有发生"血腥事件"。

慢慢地，条件好了，来到乡里读书，可读的书多了起来。但是，却因为爱熬夜，受到了妈妈的限制。为了防止妈妈批评我，我钻在被窝里打着手电筒看，电池没得太快，也不是长久之策，就和妈妈"打游击战"。

那时候，没有雾霾，夜晚总是清亮亮的，我就盼着每个月的十五六，在月光下看，但眼睛看得疼啊，试了几次之后，也就放弃了。

月光下，窗台边，一股清凉，几声蟋蟀鸣的浪漫场景，却是在少年的记忆里，飘飘欲仙。后来啊，读书的种类，读书的桌子，读书的茶台，读书的座椅，读书的场地……慢慢丰富起来，读书的每一个刹那，都仿佛是时光滋养的花枝，慢慢开出耀眼的花来。

多年以后，到底还是因为这书生出了一些灵性，鲜亮了人生。

蓦然回首，一路走来的读书时光，在阳光丽日里，散发着温暖、生动、可爱、亲切。一纸一纸，在呼啦啦的青春里，依然于素色中呈现着夺目的光芒，素手拈花，好似故人来。这好玩的读书往事，想想就笑意盎然，关乎经脉，关乎底气，怎不值得终生记忆？